愛犬との旅

山口 理
Satoshi Yamaguchi

キャンピングカーに
愛犬「こゆき」を乗せて
日本一周冒険記

WAVE出版

愛 犬 と の 旅

キャンピングカーに
愛犬「こゆき」を乗せて
日本一周冒険記

羽幌市内公園駐車場
20
21
はまなす交流広場キャンプ場
道の駅・さっつる
22
スーパーマーケット駐車場
19
23
納沙布岬
25
24
濁川温泉
18
青森港フェリー埠頭
17
道の駅・忠類
野生鳥獣保護センター駐車場
酒田市内ホテル
駐車場
26
16
アクアーレ
長岡
道の駅・階上
27
28
15
道の駅・みやこ
29
道の駅・上品の郷
30
ホームセンター駐車場
S
1
鵜来来の湯
道の駅・鳴沢

愛犬との旅
日本一周ルート・宿泊地

目次

装幀　山田満明

プロローグ

愛犬と旅に出た。キャンピングカーに乗って日本一周の旅に、である。私は既に昨年、めでたく還暦を迎えた。「なんでまあ、いい年こいてそんな旅に」と思われるかもしれない。いや、思われるだろう。うん、思われるに違いない。でも私は旅に出た。なんと言われようと、出ちゃったものはしかたない。

愛犬の名は「こゆき」。四歳になるメスの柴犬だ。こいつと二人（?）で日本一周の旅。なんだか、想像しただけでも、胸が高鳴ってくるではないか。ずっと観たかった映画が始まる直前に、ポップコーンのふたを開けて開始のブザーを待っているような心境だ。または、忘年会のクイズでゲットした福袋を開けるような心持ち……、などとグダグダ言っていないで、とにかく旅の話を始めよう。

1. 本州南下【旅立ち】

「それじゃ、行ってくる」

まずはこゆきを助手席に乗せ、私はこゆたま号の運転席に座った。

「やれやれ、本当に行っちゃうんだ。じゃあ気をつけて。12日あたりにね」

「はい、了解しました！」

うきうきモードの私には、妻の言葉もまるで耳に入っていない。だが出発に当たって、何か家長としての重々しい言葉のひとつも残しておくべきか。

「夜はちゃんと玄関のチェーンをかけろよ」

何という適切なアドバイスだろう。その言葉を残して、ついにスタートだ。バックカメラに、いつまでも私を見送る妻と娘の姿が映っていた。この旅に反対していた妻。醒めたポーズを取ってはいても、やはり折に触れて心配をしてくれた娘。そんな家族を振り切って私は旅に出る。

「桜が散ったころにゃ、帰ってくるぜ」

かなり「高倉健」が入ったセリフを吐いて、私はアクセルを踏みこんだ。


助手席のこゆきはいつものように、ガタガタと震えている。このへたれは、いつまでたっても治らない。何度こうしてこのクルマに乗せたことだろう。なのにその度に、こうして震えていやがる。けれどこれはじきに収まる予定だ。「こゆたま号」と名づけたこのキャンピングカーならば、である。妻の車に乗せたときはダメだ。まるであかん。まず、車に乗せるまでが大変だ。「ガッ」と四つ足で踏ん張り、首がもげても乗りませんという体勢である。それでも強引に乗せてしまうと、今度はガタガタが始まる。その震え方が半端でなく、「ぴょえ〜っ」と周波数の高い、悲しげな声を上げ続ける。まあ、その車に乗せられる時は行き先が動物病院と決まっているから無理もないか。それにしても、まるでこの世の終わりが来たような鳴き声をあたりにまき散らすものだから、信号待ちなどしていると、通行人が一斉にこっちを見る。そんな声で鳴いたら、犬さらい（古い！）と間違えられそうで、無意識に視線を通行人からそらしてしまうのだ。飼い主の愛情を解さないバカチンである。

「こゆき」という名前は、私と娘で名づけた。名付けの親が二人もいるという、ぜいたくな犬なのである。他の候補として「シバ」というのがあった。しかしこれだと安易すぎて、いい加減な性格の飼い主だと思われるのがいやで却下。「ヒメ」というのもあったが、何だか人間の方がいつもひれ伏していなくてはいけないみたいなので却下。「何となく和のテイストがいいねぇ」という娘の意見でこの「こゆき」に決定した。こいつの保険証はなぜか「小雪」と漢字で書かれているが、それだといつか、自分のことを人間だと思い込み、飼い主を見下しそうな気がするため、私はあえてひらがな表記を心がけている。

わが家から15分ほど走ると、高速道路のインターに着く。常磐自動車道柏インターだ。ここまで来ると、本当にこの旅が始まるんだなぁと、ようやく実感する。

この常磐自動車道には、そこそこ高速道路を走っているという満足感がある。直線が多く、カーブも緩やかで運転していても気持ちがいい。しかし、首都高速はいただけない。慢性的な渋滞と、曲がりくねったコースには、「ごめんなさい、参りました」という感じになってしまう。その首都高速を、こゆたま号が走る。

「こゆたま号」というのは、「こゆき」「と「たまご」を合体させた名前だ。「こゆき」についてはは既に書いたが、「たまご」って、なんのこっちゃ、と思われるだろうから、ここで解説しておく。これは娘が勝手につけたわが家の飼い猫の名前。こっちは娘がひとりでつけたのだから、私には何の責任もない。だから、「へ〜んな名前!」といくら思われても気にならないのである。

この「たまご」はオス猫だ。そして独眼竜正宗ばりの隻眼である。段ボールに入れて捨てられ、カラスに襲われていたところを救出した妻の知人から預かってくれと頼まれ、そのままわが家に居着いたという、書いていてもややこしくなる素性の猫だ。おそらくその時に突かれたのであろう右目がつぶれ、しっぽの先がおかしな方向に曲がっている。もっとも、捨てられていたのは3匹で、あとの2匹はもっとかわいそうなことになっていたらしい。だから、幸運な猫なのである。わが家に感じるべき恩は、海よりも深いはずだ。しかしこの野郎は、あまり恩義を感じている様子がない。

「オレはこの家にいてやってるのだ」とでも言いそうな態度が実にふてぶてしい。

一方のこゆきだが、こちらもわが家にやってきたいきさつを書いておこう。

ある日、いつもなら読みもしないで投げ捨てられてしまう市報に、たまたま私の目が行った。《柴犬、生まれました。格安》

それまで雑種しか飼ったことのない私だった。そのため以前から一度は、○○犬と名前のついた犬種を飼ってみたいと思っていた。そして、どうせ飼うなら和犬。和犬を飼うなら柴犬と思っていたのだから、すぐさま電話に手を伸ばしたのは自然の流れだ。もちろん、《格安》という活字に心が動いたことは言うまでもない。

さっそく電話先であるブリーダーの家に行き、5匹の子犬と対面。まだ生まれて1ヶ月の赤ん坊だ。2ヶ月になるまでは親犬や兄弟たちと過ごさせるということなので、後日また来ることとする。そして、引き取る子犬を選ぶことになったその日、1匹ずつ抱き上げてみるが、選び出す規準が分からない。そうした中、一番体が小さく、それでいて元気な子犬に目が行った。抱き上げてみると、しきりに私の顔をペロペロとなめてくる。

「うちの子になるか？」

と尋ねたところ、小さくキュンと鳴いた。これで決まりである。

ところが飼って、しばらくたってみるとこのこゆき、とんでもなく甘ったれで臆病だということが分かってきた。まず、ご主人と決めてしまったらしい私の元を離れない。そして大の散歩嫌い。そして、超がつくほどの〝インドア犬〟である。人間で言えば「内弁慶」というやつだ。屋外に出て吠えた例しがない。手のひらにでも乗りそうなチビ犬にも怯え、家族以外の人間はゾンビかフランケンシュタインにでも見えるらしく、目の前にすると尻尾は下がり、リードがちぎれんばかりに家の方向へ私を引っ張る。特に子どもが苦手で、あのかん高い声で迫ってこられると、みるみる顔面蒼白（といっても茶色一色だが）になってしまう。それが家に戻り、自分の指定席に落ち着くやいなや、織田信長のごとき猛々しい犬となって、道ゆく人や犬たちに向かって吠えたり、うなったりする。ただし相手が大型犬の場合、できるだけ聞こえないようにトーンを下げて吠えるのが、何とも情けない。

こんなへたれ犬が、果たして1ヶ月もの間、安住の地を離れて日本一周などできるのだろうか。連れ出したはいいが、ちょっと不安になってきた。

首都高に入ってから間もなく、こゆきのガタガタは治まった。こいつにとっては、「とりあえず車に乗ったら、ガタガタと震える」という儀式なんだろう、きっと。それでもやっぱり、へたれには変わりがない。こゆきのこゆたま号での指定席は、運転席と助手席の間にある補助席だ。ここを〝こゆきシート〟と呼ぶ。そこに座って私の左腕につかまったり、あごをのせたり。こうしていないと不安でしかたないらしいのだ。「犬の飼い方」という本に、柴犬の特徴として、「勇敢でたくましく、野性味あふれる気質」とあった。私はその著者をここへ連れてきて、往復ビンタをくれてやりたい。

などと言っている間に、お約束の〝渋滞〟が始まった。渋滞時の不安のひとつが、トイレの問題である。「トイレに行きたくなったらどうしよう。いやん、もれちゃう」という言いようのない恐怖感。それと無関係なのが、キャンピングカーなのだ。私もこの日、新宿を過ぎたあたりで猛烈にトイレが恋しくなった。

「それじゃそろそろ、トイレタイムにするか」と、非常駐車帯にクルマを寄せ、ハザードランプを点ける。これでもう、のんびりとトイレタイムを楽しめばよい。ちょうど目の高さに小窓があり、目の前の渋滞を眺めながらの用足しだ。「この中には必死に股間を押さえて耐えている人もいるんだろうなぁ」と、ひととき、次元の低い優越感に浸ることもできる。トイレを設置していないキャンピングカーも少なくないのだが、私は絶対に必要条件だと思っている。渋滞の時だけではない。夜中、雨の日、寒い日、トイレまで遠い時等々、あるとないとでは天国と地獄の差……だと私は思うんですがね。

この旅では、高速道路はできるだけ使わず、一般道を中心に走る予定を立てた。ひとつには経費の節約。もうひとつは、「日本の風景の中を走る」というコンセプトである。なのに初日から高速道路。おい、おまえは二枚舌か！　という怒声に罵声、悪口雑言に毒舌、野次が飛び交いそうだが、そこは許してください。「都内を一般道で横切る」という行為の愚かさは、実行した者にしかわからないと思うが、それはバーゲンセールに群がるおばちゃんたちの間をかき分けて、一番安い商品をゲットするぐらい大変なことなのだ。というわけで、首都高速から東名高速道路に乗り、スイスイ〜っと先へ進んだ。

初日の宿泊予定地は、静岡県の川根温泉。ここのお湯がまたいいんだなぁ。愛犬と共にキャンピングカーで日本各地の温泉巡り。日本各地の美味いものを胃袋に収め、美しい日本の風景を堪能する。なんてすてきなプランなんだろう。

さて、こゆきの飼い主である私だが、この原稿を書いている時点でちょうど還暦。そしておそらくは、書き終わる前にもう一つ、歳を重ねることになる。生まれは1953年。いつの間にか私も心のどこかで、人生の残り時間を意識し始めているような気もする。

甘えん坊もちょっぴり卒業？——移動中は、私の脚や左腕にしっかりつかまらずにいられなかったこゆきだが、少しずつ“独り立ち”できるようになってった。見よ、この成長の姿を！！

夕刻に犬の散歩に出かければ、しばしば定年退職して間もないだろうと思われる男性諸君と行き会う。ゆとりの時間を楽しんでいるような、社会における自分の役割が終わった寂しさをかみしめているような、何とも形容しがたい陽炎を体中から立ち上らせている。

「やあ、こんにちは」

「どうも、こんばんは」

挨拶の言葉すら食い違うような、微妙な時間帯に会うことが多い。

「明日の天気はどうでしょうねぇ」

「晴れか、雨か。曇りかも知れませんね」

どうでもいい会話がだらだらと続いている間、犬たちは時々互いに威嚇し合ったり、尻の臭いを嗅いだりして、時間つぶしをしている。彼はついこの前までスーツを着て、颯爽と歩いていたビジネスマンだった。しかし今のこうした姿は、こわもてのいかつい男が、スーパーでかご一杯にスイーツを買っている光景とどこか似ている。似合わないのだ。

「それじゃまた」

とても建設的とは言えない会話が終わると、逆方向に歩き出す。もわっと湧きあがるけだるい空気に、つい、意味不明のため息が出てしまうのである。こんな時に見る夕焼けは、どこかもの悲しい。しかし、夕焼けを見てウルウルしようがしまいが、地球が一回転すれば必ず24時間が過ぎる。そして生きている限り、誰の上にも60歳はやってくる。ああ、されど、まさか自分が60歳……。若いころ、60歳などという年齢には、よその人がなるものだと思っていた。なのに、どういうこと？　現実を突きつけられたとたんに体中の力が抜けてくる。60という数字の放つ毒気に当てられてしまうのだろうか。

けれど私の中には、そんな自分に逆ねじを食わせようとする自分もいる。老化とは、年齢に白旗を揚げたときから始まるのだ。ずっとそう思ってきたし、これからもそう思い続けたい。実際、枯れ枝のような50歳もいれば、ゴムまりのような80歳もいる。枯れ枝組のメンバーは、概ね自分の年齢に打ちのめされている連中だ。逆にゴムまり組には、自分の歳などどうでもいいと、生き方に手練れた人たちが圧倒的に多い。

そうだ。自分はゴムまり組に入るのだ！　そうだ、そうだ！

かといって、別に拳を振り上げて時の流れに抗うつもりもない。時の過ぎゆくままに、年を重ねていけばいい。しかし、そうは言ってもですねぇ……。

例えば爪を切る。すると、関係のない箇所の爪がパキッと割れる。きっと爪に水分が行き渡らなくなっているのだろう。髪もだいぶ白くなってきた。でもまあ、白くなるだけの髪があるうちはまだいい。その髪さえ薄くなってきた。顔の筋肉もたるみ、ずいぶんとおかしな顔つきになってきた。駅のトイレに入れば、後からやって来た者が先に用を済ませて去っていく。電車のシートから立ち上がるとき、無意識に手すりにつかまっている自分。なんということだ。これが本当に、私の肉体なのだろうか。だれか、ウソだと言って！

ある日、洗い物をしながら妻が言った。

「だらだらしていないで、こゆきの散歩にでも行って来れば？」

娘も続く。

「そうよ。30分以上、行って来なくちゃだめよ」

「はい」

妻や娘の言葉に対して、私は実に素直である。分かっている。私は家の中でそうじの時に邪魔だったり、広げた新聞をちゃんとたためなかったりするだけの、あまり役に立たない存在のようだ。瑣末なことであれこれと心配する妻、業腹な言動の娘。それにはもう慣れた。彼女たちが煙たいわけではない。けれど時には逃げ出したくなる。二人に反撃できなかったり、言い返すことが面倒くさくなると、私は犬の散歩に出る。情けない話だ。だれもいなくなった夕暮れの公園でベンチに腰かけ、ため息を一つついた後、愛犬の「こゆき」に話しかける。

「おれってもうお役御免か。お前はどう思う？ そんなことない？ そうだろう。だけどな、家の中にいるとたまに、泣けてくるんだ。こゆきは何歳だっけ。ああ、まだ3歳か。若いなぁ。おれにだって若いころはあったんだ。分かるか、おい。今日の晩飯は何だと思う？ また、『健康にいいから』って、野菜づくしなんだろうか……」

話しかけているうちに、自分の周りの空気がふわっと弛緩してくる。そんな時、自分はやはりもう賞味期限切れ、いや、消費期限切れなのかと思ってしまうのだ。

犬に向かって、こんなひとりごとをつぶやいているようでは、とてもゴムまり組には入れそうにない。どうすればいいのか。今の私の心がゴムまりのように弾む出来事はないものか。そう、真剣に考えている自分がいた。

私の部屋の壁には、旅の写真が何枚かかかっている。私は若いころから旅を好んだ。それも、ほとんどが一人旅。かといって、友だちがいないということではなく、仲間と出かける旅もそれなりに楽しいと思う。けれど、私が好んで実行する旅には、だれも同行したがらない。そのため、必然的に一人旅になってしまうことが多いのだ。いったい、どんな旅をしてきたというのか。それは、話の中で追々語っていくとして、とにく私は旅好きな男である。それも、気軽な一人旅が。


首都高を抜け、東名高速を走っていると、市街地の外れにピンクのエリアが見えた。

「桜か……。ウチの方より咲いてるな。ちょっと南下しただけでこんなに違うのか。やっぱり桜は日本の風景にマッチするなぁ……。ん、桜とくれば……」

ここで私の頭の中に浮かんだのが、典型的な日本の春である。桜と富士山、これぞ日本のシンボルだ。それならば、あそこへ行こう！

突然の予定変更。それも全面変更。これはもう、キャンピングカーの最も得意とするところだ。これができるから、キャンピングカーの旅はやめられない。

思い立ったら即行動。東名から中央高速に乗り換えて、富士の裾野「鳴沢」を目指す。高速が東名から中央に変わっても、私は相変わらずもの思いにふけっていた。今度は、この旅に出る直前のシーンに、記憶がぶっ飛ぶ。

私が旅の準備を始めたのは、3月の初旬だった。まずはルートの設定だ。南回りで日本を一周する。宿泊は道の駅、公園の駐車場などでテキトーに泊まり、金のかかるオートキャンプ場などは一切、活用しない。高速道路の利用は極力避けて、主として一般道を走る。春の北海道にはまだ雪が残っているはずだと判断し、タイヤはスタッドレスをはく。そうすれば、予定が変わって雪の峠道を走ることだってできる。以上のことを念頭に置き、ルートを設定した。

関東→東海→中部→近畿→四国→九州→中国→近畿→北陸→東北→北海道→東北→関東。と、粗々このようなルートを辿る。おおっ、壮大な計画だ。走行期間は1ヶ月と定めた。もし、期間を定めないと私の場合、おそらく糸の切れた凧状態になって、仕事から逃れたいがために、何ヶ月も漂流を続けることになりかねない。適度に日本の自然を楽しむことができ、またパートナーのこゆきにも、それほど大きなストレスを与えずに済むだろう期間が1ヶ月。ただしこれには何の根拠もない。これまたテキトーである。

「こゆたま号」は、ディーゼルエンジンの4WD仕様である。この手のクルマはとにかく重い。それを時には高原に引き上げ、雪道を駆け抜け、泥濘地を走破させなければならない。クルマ自体が重いのに、さらに多くの荷物を積み込む。こうなると、パワーよりも、トルクの方が必要になってくるからである。とはいえ、クルマの選択は主たる用途に合わせればいい。私のように標高の高い場所や雪道、道なき道などを好んで走るタイプでなければ、2WDでもガソリンエンジンでも、そう困ることはないだろう。

荷物の積み込みは、妻の監視の下に進められた。説き伏せて……、いや、押し切る形で旅に出るのだから、それくらいは甘んじて受けよう。などと言いながら、細かい旅の支度をコツコツと積み重ねてくれた妻には、心の底で感謝している。〝基本的には反対〟というスタンスは崩さなかったものの、荷物に過不足がないように、あれこれと気を配ってくれたのは、やっぱり妻だったのである。ならば「心の底で感謝している」などという、鶴田浩二や菅原文太的な態度は、いかんですかねぇ。

などと考えたり、記憶を辿ったりしているうちに、まっ白な雪を頂いた富士山が遠くに見えてきた。がんばれ、こゆたま号。富士に向かって一直線！

そのこゆたま号は、キャブコンという種類のキャンピングカーで、ベースはトラックである。そこにFRPという素材でできた居住空間を架装してあるのだ。5人は寝られるベッドに広いダイネット。トイレルームにキッチン、テレビにエアコン、冷蔵庫に電子レンジと一通りのものは組みこまれており、生活に不自由はない。電源はトリプルのサブバッテリーと、二枚のソーラーパネルからとる。それに走行充電というシステムもあるので、電気製品の使用で困ることもまずない。ここに生活用水、食料、予備のガスボンベ、飲料水、衣服、仕事のためのPCや本。お気に入りのDVDを数枚と、携帯電話などを積み込む。胃腸薬、下痢止め、風邪薬、消毒スプレーなどの医薬品も欠かせない。騒音対策の耳栓も用意してある。カード類や必要最小限の現金。使い慣れた枕も重要だ。さあ、これで、いつかみさんに追い出されても生きていけるぞ。その時は、こゆきも一緒だよ〜。

そういえば、私が出発の準備をしている時、こゆきが窓越しにじっとこちらを見つめていたっけ。決して頭がいい方の部類に入る犬だとは思わないが、旅の気配を察知することだけは一流だ。私が何やら荷物を抱えてこゆたま号に出入りしていることは、もうすぐ旅に出るしるし。それも自分も連れていかれる前触れだと理解しているようである。

こゆきは、あくびをしながら【ハウン】と声を出すことがある。これは、緊張しているときか、何かが不満なときのサインだ。旅の予感に緊張が高まっているせいか、それともドッグフードがお値打ち品であることへの抗議か。

傘雲を頂く富士を正面に見て——初日の宿泊地「道の駅・なるさわ」にて。この写真を撮った時は、しっかり晴れていたのだが……。

こゆきは4歳手前という若い犬だ。これが老犬であれば、「老境に片足をつっこんだ作家と老犬」という、哀愁漂う〝絵になる旅〟になるのだろうが、体力のピークをとっくに過ぎた飼い主が、エネルギーが余ってしかたない若い犬と旅をする。どことなくちぐはぐで珍妙でもある。いずれにせよ、このこゆきと私は、後戻りのできない旅に出てしまったのである。

「道の駅・なるさわ」に到着すると、思った通り富士山の冠雪は見事だった。春の富士が一番見事だというのは本当だ。深田久弥はこの富士山を仰ぎ見て「偉大なる通俗」と表現したが、いつ見てもこのシンメトリーな美しさは別格である。すばらしい。あっぱれ。ブラボー……。それはそうと、満開に近いはずの桜がない。ありゃ、だれか持っていきましたか？　静岡、山梨は今が満開という情報は持っていたのに、どういうこっちゃ。けれどそれは、私の判断ミス。この鳴沢は標高が1000メートルを超えている。気温が低いのだ。桜など、まだやっとつぼみの状態だ。おまけに雲行きがあやしい。こゆきの散歩を早めに済ませようとしているうちに、こぬか雨が降り出す。目の前に広がっているはずの、富士山の大パノラマも全く見えない。しかたなく、そそくさと車内へともぐりこんだ。

私がこの旅に出ようとする本当の理由は何か。ちょっとまじめに書くとしよう。

ここまでも、それらしきことを断片的には書いてきた。妻や娘のマシンガンから逃れるため？　まあ、それもないことはない。しかし本当の理由は、自分が嫌いになりそうで不安だったからだ。かつては旅をする自分が好きだった。自転車で、あるいは徒歩で、まったく当てのない旅に出た。山の中だろうが、街中の公園だろうが野宿をし、パン屋でもらったパンの耳をかじって旅をした。真夏に10日以上も風呂に入らず、ボロボロになりながら旅をする薄汚い自分が、何だか好きだった。そんな旅に理由など要らなかった。行きたいから行く。それだけだった。

けれどこのごろの自分は何かが違う。滾るような若いエネルギーがしぼんでいくのはしかたないとしても、心のどこかで「オレももう歳だから」と旅から遠ざかろうとする自分が情けない。情けないけれどしかたがないと思い始めている自分が、さらに情けないのだ。旅に理由付けをしようとしているのはこれが初めてかも知れない。でも今回だけは、理由を付けてもいいように思う。旅行と旅がボーダレスになりかけている自分に、旅の世界を取りもどすためだからだ。楽しむだけの「旅行」から、自分と向き合う「旅」の世界へ。それは、弱気な自己評価をするようになりつつある自分に、活を入れることでもある。

そしてもう一つの理由。それは、自分の生まれ育ったこの日本という国を再認識するためだ。自分の中にある、日本の原風景をこの目にしっかりと焼き付けておきたい。そんな思いがある。地方都市を訪れると、日本中が東京になっている。同じ建物、同じコンビニ、同じ飲食チェーン店……。どこの土地の風景も変わらないということを再認識するために旅に出る必要はない。残された日本の日本たる風景に出会うためにも、この旅を行うのだ。さらにここで言う「再認識」とは風景だけでなく、人間の再認識という意味も持っている。

若いころの旅の中で私は何度となく、いわゆる人情というものに触れてきた。古い言葉なのかも知れないが、この言葉について語ることがアナクロニズムだとは思わない。

当時から現代の間にそこそこの時間が流れた。しかし時代は変わっても、人間というものは、それほど大きく変わりはしない。けれど時代のうねりの中で変わっていく部分があることも確かだ。時の流れの中で人間の何が変わり、何が変わっていないのか、それを知りたい。……なーんて、たいそうな書きぶりだが、はてさてどんな旅になるのやら。

車内に入るとすぐに、せっせか調理を始める。最初の夕食のメニューは、妻が握ってくれた握り飯。それに野菜サラダを作り、レンジで温めた焼きそばだ。

初日は特別ということにして、ビールの栓を開けた。基本的に、初めて宿泊する場所で晩酌はやらないことに決めてある。融通の利かないおじさんが登場して、「ここで宿泊しないでください」と、某国営放送のアナウンサーのように、事務的な口調で言うかも知れない。また、にぎやかなお兄さんたちがバイクなどで大挙してやってきて、ブインブイン、ブヒュルブヒュル、ブババババババ、パヒラパヒラパヒラなんて、元気いっぱいに走り回らないとも限らない。そんな時にアルコールが入っていては、移動もままならない。こゆきの運転では、ちと心もとないし……。移動を強いられるような事態になることはほとんどないのだが、万に一つのことも考えないわけにはいかない。今回の旅は一人ではない。守らなくてはならないヤツがいるので、明日からはグッとがまんだ。

私が食事をするときは、こゆきを隔離する。ダイネットと呼ばれる食卓兼居間とキッチンとの間にゲートを作り、こちらには入れないようにしてある。犬は全般にそうなのかもしれないが、こゆきは特に、ドッグフードよりも人間の食べているものを欲しがる。好物を順に並べると、人間の食べ物→キャットフード→ドッグフードということになる。わが家の隻眼ネコ、たまごのえさは大好きだ。食欲がなかったり、同じドッグフードに飽きてしまったときなど、たまごのキャットフードをトッピングしてやると、大喜びで食べる。おやつは猫用のおやつという、とことん、犬としてのプライドを放棄したヤツなのだ。

この道の駅ではテレビが映るので、こゆきといっしょにテレビを見ているうちに、こぬか雨の粒が少し大きくなり、降ったりやんだりの時雨に変わってきた。どうやら初日の夜は、雨音を聞きながらの就寝となりそうだ。

その時、妻からメールが入った。やはり、心配でしかたないのだろうなと文面を読む。

《ねえ、もしかして、くず餅と高菜、持っていった?》

もっと先に聞くことあるだろう。「元気?」とか「ちゃんとご飯食べた?」とか。亭主よりも、高菜やくず餅の方が大事なのか！　ムッとしながらも返信。

《そういえば、こゆたま号の冷蔵庫に入ってた。ありがとう》
《はあ？　あれ、ウチで食べるやつなんだけど》
そうか。高菜をカットせずに丸のまま持たせるなんてヘンだなとは思った。くず餅にしても、切らずにでかいまま持たせたことに、ちょっと違和感があった。
《ごめん。間違えて持ってきたらしい。どうすればいい？》
《どうすればいいって言ったって、家に届けてとは言えないでしょう。そっちにあるならそれでいいの。早めに食べちゃって。じゃあね》
「気をつけてね」とかいった文面がない。だからといって気をつけないわけではないが。まあ、とにかく寝よう。地図帳をざっと眺めてから、頭の上の照明を消した。
知らない場所でテント泊をすると、どこか不安である。私もテント泊は、いやと言うほどやったが、確かにたった布一枚で夜の闇と隣り合わせになっているのは、何度やっても、どこかに不安がある。山や林の中だと、時として恐怖感も伴う。
その点キャンピングカーは、〝家〟である。安心感が桁違いだ。「外で寝るなんて信じられない」と、キャンプ未経験者はよく口にするが、キャンピングカーならそんな心配はない。野犬が来たって、猪が来たって、へっちゃらちゃらちゃら～なのだから。
私のベッドは「バンクベッド」といい、要するに〝2階にある〟ベッドだ。こゆきがそこを見上げて、何かを訴えるように【ハウン】と鳴いた。寝床に関しては、〝ご主人様は

夜はここで一緒に寝ます――「こゆたま号」のバンクベッド。当初は上と下に分かれて寝るはずだったのだが、こゆきの作戦にまんまとはまってしまう私であった。

2階。こゆきは1階〟と決めていた。家でももちろん、別々の場所で寝ている。しかしこの日の夜は、なかなかあきらめようとしない。次に子犬のような「くう〜ん」と甘ったれた声で鳴いて犬好きの心をくすぐる、こざかしい作戦に出おった。相手の〝作戦〟だとわかっていても、それにしてやられてしまうのが、私のしょーもないところだ。

「しょーがねーな。わかったよ、ただし旅の間だけの大サービスだぞ」

と、わが陣地は、いとも簡単に落城してしまうのであった。

それにしても寝苦しい。こゆきがぺったりとくっついてくるし、いびきをかく。それに生意気にも寝言を言うのだ。犬も夢をみるのだろうか、時々唐突に「ウーッ」と、うなったりするものだから、熟睡できない。やっと眠りに落ちたかと思えば、いやな夢をみて目が醒める。すると、こゆきが私の顔の上にのしかかっていたりする。

「だめだ。おまえはやっぱり下で寝ろ。ゴートゥーベッド！」

と、家での号令をかけてみるが、こゆきにしてみれば、どこが自分のベッドかわからない。そりゃそうだ。しかたなく、自分の足もとの方にこゆきを追いやってみると、これがうまくいった。相変わらずの寝言もいびきも、足もとであれば気にならない。こうして、雨の音とこゆきのいびき、寝言の中で夜が更けていった。

2. 一気に四国【それぞれの旅】

人の声で目が醒めた。小雨ではあるが、雨はまだ降っている。声の主は裏手のグラウンドでサッカーの練習を始めた子どもたちだ。時刻はまだ6時半。それに小降りとはいえ雨の中だ。朝っぱらから頑張る少年たちだ。日本の将来は明るい。

雨が降っていると、こゆきの散歩が大変でいやになる。なにしろこいつは、雨の中ではなかなか用を足そうとしない。それだけでなく、草むらでないと「小」も「大」もしようとしない。第一、雨そのものが嫌いときてる。まったく厄介なヤツなのだ。

「おい、早くしてくれよ。オレ、寒いんだからさぁ」

どうしてこゆきに傘をさして、主人である私が濡れなくてはならないのだ。しかし気に入った場所が見つからないらしい。あっちうろうろ、こっちうろうろ。

「なあ、どこだっていいだろう」

人間はそう思う。けれど犬には犬のルールというか、儀式というか、習性というか、そんなものがあるに違いない。こゆきはメスのくせに、「小」をするときに右足を上げる。オスっぽいメスなんだろうか。「大」をする際、柴犬はとってもわかりやすい。ご存じだろうが、柴犬は尻の穴丸出しである。「どうだ、見てみい！」とばかりのオープン状態だ。その尻の穴が「めりめり」とふくらんできたら、「大」とご対面する直前である。

やっとのことで、その「大」と「小」が済んでこゆたま号の中に転がり込む。こゆきのせいで、朝食をゆっくり摂っている暇もない。まずは濡れた頭と体を拭いて、それからこゆきの食事の支度。自分の朝食はクラッカーと野菜ジュースで済ませる。とほほ。

出発すると、それまでのこぬか雨が、篠突く雨に変わった。まさに土砂降り。関東地方では滅多にお目にかかれないサイズの雨粒が、フロントガラスを〝この野郎！〟とばかりにバシバシ叩く。伊勢湾を渡るあたりでは、横風にクルマがふらつき、怖がるこゆきが私のひざのあたりまで匍匐前進してくる。

「こら、こっちへ来るんじゃない！　第一それじゃ、自分が苦しいだろう」

シートにくくりつけた乗車時用の短いリードが首に食いこみ、ヒイヒイ言っている。自分で自分の首を絞めるとは、まさにこのことだ。

この日はとにかく走った。景色に期待できない雨天の日は距離を稼ぐ。駐車スペースを見つけ、暴風雨の中で休憩をとった。テレビも映らず、外へも出られず。こゆき相手では、まともな会話も成り立たず、「屁をひっておかしくもなし独り者」の心境だ。この日の宿泊予定地を通りすぎ、ひたすら走る。

ところが、名古屋の市街地に入りかけたところから、早くも渋滞が始まった。市街地での車中泊は避けたいので、さっさと高速に乗る。早くも出発前に決めたルールが崩れ始めた。高速では、時速90キロを超えないペースを守るよう、心がけている。

キャンピングカーでも走りを求めるキャンパーもいるが私は違う。家を背負って走ってくれているだけでも感謝、感謝である。その家にしても、大地震の連続に耐えながら移動してくれているのだ。「キャンピングカーさん、ありがとう」と、優しく走ってやるぐらいのいたわりはあってもいいだろう。だから高速では、「抜かれる快感」を味わって走る。私にも、スポーツタイプの車に乗って高速をぶっ飛ばし、どんどん抜き去る快感を楽しんでいた時期があった。けれど今は、抜かれることが楽しい。「どうぞお先に」である。

また、キャンピングカーは重いため、タイヤの寿命は短いと考えるべきだ。新車にセットされてくるタイヤは新品ではない、という話も聞く。「新車の場合、3年をメドにタイヤ交換を」というショップの忠告を忘れたら、えらいことになりますよ。

気がつけば、既に滋賀県に入っていた。出発してまだ2日目で滋賀県である。走り方に緩急をつけようとは思っていたが、これは少々走り過ぎだ。少しペースを落とすか。

九十九折りの道を慎重に走り、どうにか宿泊予定の道の駅に到着するが、そこは想定外の環境だった。まず駐車スペースにかなりの勾配があり、車内にいても落ち着かない。家というのは、わずか1、2度の傾きでも体調が悪くなると聞く。それなのにこの傾きは、5度や6度はありそうだ。たった一夜とはいえ、とても宿として使えそうにない。さらに悪いことに、その駐車スペースには、無数のタイヤ痕が幾重にも輪を描いている。きっとここに元気なお兄ちゃんたちが集まってバイクを乗り回し、青春グラフィティを満喫しちゃってるのだろう。

やーめた、ということで、暮れなずむ山道を引き返し、改めて宿泊地を探すことになった。そしてどうにか見つけたのは、小さな公園の駐車場。車の通りは多いが、さっきの場所よりはましだ。……と、このようにしてその日その日の宿は、迷ったあげくに想定外の連続で決まっていくのである。ね、キャンピングカーって、とっても便利でしょ？

この旅の形は、見方によれば「軟弱だな、おめーの旅は」とも言われそうである。なんたって、キャンピングカーだからねぇ……。などと書くと、いかにも私が奢侈に流れた日常を送っているようだが、決してそんなことはないんですよ、ホントに。旅好きな人間にとって、キャンピングカーは実に経済的。まず、宿泊費がかからない。さらに移動経費が大幅に安上がり。例えば家族4人ほどの人数で交通機関を使い、ホテルなどに何泊かし、旅先で旨い物などを食べれば、目の玉が飛び出るような金額が飛んでいく。ところかキャンピングカーで旅をすれば、燃料代に食事代程度しかかからない。その食事にしても、車内で調理ができるため、材料を買いこむだけで済む場合も多い。つまり、経済的にもその恩恵は計り知れないのである。確かに購入時の初期費用はそこそこかかるが、高級セダンなどに乗っているよりは、コストパフォーマンスは格段に高い。

また、経済面以外のメリットも大きい。時間に追われることがない。突然の予定変更も問題なし。ペットがいてもストレスを与えずに同行できる等々、メリットてんこ盛りである。さらに大きな魅力がキャンピングカーにはあるのだが、それは本書を読み進める中で感じ取っていただくこととしよう。

旅。それもキャンピングカーの旅なら、今も私の胸を騒がせる。旅を続けていくことこそが、ゴムまり組のメンバーズカードを手に入れる手だてかも知れない。そこでひらめいたのが、「60歳にもなったことだし、記念に何かしてみるか」という、取って付けたようなプランである。そして選んだのが日本一周。かつて私は自転車野郎だった。〝サイクリスト〟などというスマートなものでは決してなく、あくまでも〝自転車野郎〟なのだ。汗臭いTシャツをびらびらなびかせ、自転車で日本中を走り回った。日本縦断、日本横断、富士山頂一周など、若さにまかせてガシガシと走った。しかし、一気に日本を一周をしたことはない。それでは還暦記念に自転車で日本一周を、と思わないこともなかったが、それは少しばかり絵面が悪そうだ。おそらく旅の中で何度も、巡回中の警官に呼び止められそうである。そして正直に言えば、体力的に自信がない。腰が痛いとか、肩が凝ったとか、足がパンパンなんて、昔はなかったんだけどなぁ。というわけで、日ごろ乗り慣れたキャンピングカーでの一周を考えたのだ。

通り沿いの公園にしてはしっかりと熟睡することができ、翌朝は5時に目を覚ました。曙光まばゆい中でこゆきの散歩をし、くず餅の朝食を取る。この日も早い出発になるので、その気になれば距離は伸ばせる。1ヶ月という期間が、日本を一周するために十分な時間であるのかそうでないのか分からないため、つい、最初に距離を稼いでおこうという気持ちになってしまうようだ。

明石海峡大橋を越え、淡路島に入ったところで、ふっと源兼昌《みなもとのかねまさ》の「淡路島　かよふ千鳥の　鳴く声に、幾夜寝覚めぬ　須磨の関守（金葉和歌集）」の歌を思い出す。（下の句は、後で調べたんですど）旅に出て、ここでようやく浩然の気を養った思いがした。

途中の公園でこゆきの散歩をする。走りまくって、すでに夕方だ。裏手の小高い丘を登っていくと、桜が満開に近い。その桜の下に、「熊が出ます」「マムシも出ます」というような看板が何枚も登場する。おもしろそうなので、その看板にこゆきのリードをつなぎ、記念写真を撮ってやった。こゆきもきっと嬉しいに違いない。

ところが嗅ぎ慣れない臭いのせいか、用足しがなかなか終了しない。特に「大」の方に

こゆきの運命や如何に！——熊や、まむしも怖いけど、左の標語「捨てるな！」の方がもっと怖いこゆきだった。大丈夫だよ、おまえはポイ捨てしないから。

時間がかかっている。時々その態勢に入るので、その都度「すわ、脱糞か！」と、それ専用のシャベルをこゆきの尻の下に差し入れ待ち受けるのだが、ポーズだけでまたも場所替え。こうして何度も、フェイントをかまされる。やっと事を済ませたので、スコップとビニール袋で処理をしていると、まるで関係のない箇所に、後ろ足でパッパと土をかける。それが処理をしている私の手元や、時には顔にまでかかるのである。なんてことをするんだ、こゆき。ご面倒をおかけしてすみませんという意識がないのか、おまえには！

こんなこゆきをこの旅に同行させるのには二つの理由がある。一つには、ご主人様と離ればなれでは辛かろうという、涙が出るような優しい親心である。柴犬というのは、「ワンオーナードッグ」と言って、自分が主人と決めた一人の人間に絶対的な信頼を置くという。確かに私が帰宅したときと、他の家人が帰ってきたときとでは、あからさまに違う態度をとる。私が帰ってきたときには、ゲートに飛びついて大げさに甘えた声を発するが、他の者の帰宅では、ほぼ無反応。名前を呼ぶとチラッと見はするのだが、たいていはそれでおしまい。これほどまでに違う。私が数日の間家を空けて戻ってきたときなど、気も狂わんばかりに私の周囲をドタドタ走り回る。こんな末娘を置いて、1ヶ月も旅に出たら、どうなるか分かったものではない。きっとエサも食べなくなり、毎日、遠い目をして窓の外をじっと見つめているに違いない。（全然違っていたら、ちょっと悲しい）

もう一つの理由は、ボディガードとしてである。いくらビビリ犬でも、万が一ご主人様がピンチに陥るような状況になれば、勇敢な獅子の如く相手に立ち向かってくれるだろう。あはは。まあ、とにかく、そういうわけで一緒に旅をするんだから、後ろ足でご主人様に土をかけるのはやめてね。


どうにか散歩を終えてクルマに戻ると、大宮ナンバーのキャブコンが停まっている。

「やあ、大宮からですか」

私は初対面の人に声をかけることには抵抗感がない方だ。

「お宅は野田ですね。いやあ、ご近所だ」

「アミティですね。お一人ですか？」

初対面のキャンパーに声をかける順序は、ほぼこの通りである。まずクルマのナンバー。つぎに車名。最後に人数。ここから会話の広がるケースが多い。

「そう、一人です。おたくは……、ワンちゃんと二人？　どうです、コーヒーでも」

一緒にベンチに腰を下ろす。暖かな四国に入ったとはいっても、木の下闇ではさすがに少々、花冷えがする。彼は自販機で2本の温かい缶コーヒーを買ってきた。いきなり気前のいい男性だ。聞けば私より一つ年上だという。話は向こうから切り出した。

「今回は、散歩みたいなもんです。旅っていうのは、もっと過酷でなくちゃ」

「ほう、するとこれまでもけっこう過酷な旅をしてきたんですね」

「まあね。夏に九州、冬に北海道ってな具合です。北海道では、どれだけ寒い場所で寝られるかっていうのを試して来ました。真冬の北見でマイナス24℃っていう時もありましたよ」

「はあ、それは寒そうですね。それって、楽しいですか?」

「楽しいとか、楽しくないっていうのは別にどうでもいいんです。あ、九州では39・5℃の夜もありましたけど、とっても寝られたものじゃないです。けれどその年に、前橋で40℃以上だったたっていうのを聞いて、『やられた』と思いましたね」

前橋にやられた、珍しいおじさんだ。ストイックな旅というのは、私も経験がある。というより、進んでその世界へ飛びこんでいった時期がある。真夏に自転車で日本を縦断し、その間一度も風呂に入らなかったとか、富士山頂へ自転車を担ぎ上げその自転車でお鉢巡りをしたとか、利根川の最初の一滴を見るために河口から源流まで歩いてたどったとか、人が聞いたらバカじゃなかろかと思うような旅をいろいろな形で実行してきた。しかしそれはどれも若いころの話であり、さらに〝線の旅〟だった。けれど目の前にいるこのキャンパーの場合は、年齢のことはさておき、旅の目的が〝点〟である。これもひとつの旅の形なんじゃろか。そのあたりを尋ねてみた。

「それって、別にキャンピングカーじゃなくてもいいんですよね」

「いや、キャンピングカーでどこまでできるか、っていうところがいいんです」

ふーむ、よけいに分からなくなった。キャンピングカーというのは、できるだけの便利さと快適さを追究する旅のアイテムだ。それを使ってできるだけストイックな世界に入ろうとするのは、ちょっと矛盾がありそうな気もする。けれど、それがこの人のスタイルであり、こだわりであり、もしかしたら哲学なのかも知れないなどと思って、それ以上は追及しないことにした。

「それじゃ、私はトイレの近くに移動します。私のクルマにはトイレがないもので」

「それをじっとがまんするっていうのは、やらないいんですか？」

「うーん、それだけはちょっと無理です」

そう言って、彼はトイレ近くの駐車スペースにクルマを移動させた。いやまったく、人それぞれである。私もここをこの日の宿とすることにした。

私の食事が終わり、こゆきがいねむりをし始めたころに外へ出てみた。静けさの中、いつの間にか他にもキャンピングカーが2台ほど停まっている。桜は今、このあたりが満開なのだろうか。見上げたときの花明かりが幻想的だ。今回の楽しみの一つに、〝桜前線との追いかけっこ〟がある。旅立ったとき、わが家の周辺はまだやっと二分咲き程度。それが南下してくるに従って、三分、五分、八分と見事になってくる。まるで時間を早送りしているような感じで、私はその桜を見ていた。逆に九州に上陸し、南へ行けばまた八分、五分と葉桜に近づいていくのだろう。今度は時間の早戻しだ。そして北上して行くにつれ、また桜が誇らしげに咲き誇ってくるはずである。こんな体験ができる国って、そうは多くないだろう。グリーンランドをいくら走ってもずっと氷の大地だろうし、サウジアラビアを走り回っても、砂ばかり見て暮らすことになるじゃん。えっ、選ぶ国が偏ってる？　そういう細かいことはこの際どうでもいい。とにかく、ねよねよ。

翌朝、目をさました時に、ストイックキャンパーの姿はもうなかった。東雲に目をやると、雲の切れ間から青空がのぞいている。今日は晴れてくれるのか。こゆきのやつはまだ寝ている。実によく寝るヤツだ。朝はたいてい、私がこゆきに「こゆきさん、朝ですよ～」と声をかけて起こしてやる。何かおかしい気がする。

こゆきは、寝起きと散歩前には、グイーッと〝伸び〟をする。まず前足と背筋を伸ばし、それから後ろ足もやる。これで、ラジオ体操第一でもやったら、テレビに出られちゃうんだけどな。

「室戸岬」を目指していると、四国八十八ヶ所の札所巡りをする、いわゆる「お遍路さん」の姿が目につく。〝順打ち〟つまり四国を右回りに巡る人、左回りの〝逆打ち〟に巡る人、様々である。私の抱いていたお遍路さんの印象は、徒歩で一歩一歩進む地道なものだったが、実際のところは少々違う。見た目はお遍路スタイルだが、自転車で巡っている人。バイクで颯爽と走る抜ける人。一人だけだが、ローラーブレードのお遍路さんもいた。

そうして個性豊かなお遍路さんたちを横目で見ながら、ひたすら室戸岬を目指す。やがて見えてくる「室戸岬」の表示板。あっという間の到着だ。

台風シーズンになると、しばしば登場する室戸岬は風もなく、観光客もいなかった。そこに建つのはペンキ塗りたてのような白亜の灯台で、まっ青な空と海とのコントラストが、まるで巨大な絵はがきのようにも思えた。（ちょっと巨大すぎるか）光達距離は26・5海里（約49キロメートル）、レンズの直径直径2・6メートルは、いずれも日本一だ。展望台には「恋人の聖地」と大書された表示板がある。いくらこゆきがメスでも、恋人っちゅうわけにはいかんなぁ。この道ならぬ恋は実りません。それにしても、こんなに清々しい風景の中にいるのに、犬は下ばかり見て地面の臭いをかいでいる。おまえたちには、風景を楽しむという感覚はないのか！　いつも下ばかり向いていては、あまりにも自分の世界が狭くなるではないか。大空と大地の中で、地面の臭いなんぞをかいでいたのでは、家にいるときと変わらないじゃないの、とも思うのだが、犬には犬にしか分からない価値観があるんだろうなぁ。

天下の室戸岬で小用を済ませると、こゆきは「もうこんな所に用はない」と言わんばかりに、こゆたま号に向かってリードを引っ張る。「恋人の聖地」はどうでもいいのか。

しばらく走ったところで、コンビニに入った。入口の横に「アルバイト募集」の張り紙がある。コンビニって、いつでもアルバイトを募集しているような気がする。この張り紙を見ると、つい学生時代のバイト遍歴に記憶が飛んでしまう。

学生時代の私は、アルバイトのはしごをして、学費と生活費を稼ぎ出していた。「みかんの路上販売」「有名菓子問屋での売り子」「出版社の倉庫番」等々。おそらく年齢を上回る種類のバイトをしていたと思う。その中で最も高収入を得ていたのが、「ぬいぐるみを被っての風船配り」だ。これって、季節によってバイト代がまるで違う。ねらったのは、もちろん一番バイト代の高い夏場だ。

実際にやってみると、どうして夏場に高いかがよく分かる。まずは猛烈に暑い。私はパンダのぬいぐるみにはいることが多かったが、とにかく暑かった。太陽のヤツがやけに張り切っちゃってる晴天の日なんかには、温度調節のきかないサウナぐらい暑い。30分も被っていると、靴の中が汗でグチョグチョ音を立てた。じっとしてもつらいのに、時々「ねえパンダさん、だっこしてぇ」などと、余計なことを言ってくる子どももいる。親がそれを止めてくれればいいのに、「あら、いいわねぇ。抱っこしてくれるって」などと、勝手に決めつけやがる。そんな時はしかたなく抱っこしてやるのだが、頭がデカイし、体も張りぼてタイプのぬいぐるみなので、どうやってもうまく上まで持ち上がらない。

「ねえパンダさん、もっと高くしてぇ」と、ここでも無茶な注文。すかさず親が、「今、高くしてくれるわよ。ほーら」と……。あんたはオレの雇い主か！

それでも抱っこはまだいい方だ。中にはパンチをしてきたり、「ライダーキック」と、けりをカマしてきたりするガキもいる。こっちは視野がヒジョーに狭いので、どっちからキックが飛んでくるのか分からない。いきなり正面からキックをくらって後ろへひっくり返ると、一人では起き上がれないのだ。ハリボテはこういうとき困る。

「やーい、パンダがダルマになってやがんの！　ぼくのが強い〜！」

こうなると、隣にいるうさぎのぬいぐるみに起こしてもらわなくてはならない。それを見てバカ受けしているガキを見ると、「バイト代が安すぎる」と思ってしまう。めでたく起き上がれたら、親が見ていないスキをねらって、ガキの頭をゴツンと、なぐったような、ぶつかってしまったような、ビミョーなタッチでゲンコする。

「ママぁ、パンダがぶったぁ」

と告げ口したら、すかさず、

「あっ、すいません。なにしろよく見えないもんで」

と、わざとらしく謝り、溜飲を下げるのだ。多少大人げない気もするが、ざまーみろという気分になる。

暑さとガキんちょの他にも敵はいる。夏場のぬいぐるみの中は、とんでもなく臭い。モノがモノだけに、頻繁に洗うことなどできない。いや、きっと洗ったことなどないだろう。鼻がもげそうなのを通り越して、意識が遠くなりかける。世の中に、これほど過酷なバイトがあるだろうかと思いつつ、私は3回やった。人生における勲章だろう、これは。

などと過去の栄光に浸っていると、「今なら100円」というおにぎりコーナーが目に入った。こんなものがあると、自分が好きな具でなくても値段の高いおにぎりを買いたくなる。ううっ、どうしよう。……やっぱり本来は160円もする、あまり好きではない明太子を買ってしまった。非常にきれいなお姉さんがレジを打っているのでその列に並ぶと、横にいたおじさん店員から、「2番目の方、こちらへどうぞ」と言われてしまった。こんな時は言いようもなく悲しい。

おにぎりを購入した後も店内をうろついていると、何だか自分が今、どこにいるのか分からなくなる。それは、自分の家のすぐ近くにあるコンビニとも、都会の真ん中にあるコンビニともほとんど同じ内装、同じ品揃え、同じ制服だからだろう。時と共に、日本中が東京になっていく。地方へ行っても、その土地の地方色というものが、異様な速度で薄められていく。見なれたチェーン店が軒を並べ、見あきた車種のクルマが通りを走りぬけていく。これでは、「遠くへ来たな」という思いがわき起こってこないのも無理はないだろう。個人所有のクルマは無理だとしても、せめて公用車ぐらい、地方色をプンプンさせて走らせてはどうだろう。秋田県の市役所のクルマはなまはげの形をしているとか、奈良県の水道局のクルマは、大仏の頭を載せているとか。まず実現しないだろうが。

この日、私はある人物と落ち合う約束をしていた。名前は西山隆満。実はこの日が初対面である。彼とはネットで知り合った間柄……と言っても、別に怪しげな関係ではない。私は根っからのゴジラフリーク。つまり、ゴジラ好きである。西山氏は、そのゴジラのフィギュアを非常に高いクオリティで製作する、いわば〝ゴジラ職人〟であり、彼の作品のファンは、全国に数多くいる。

ポケットの携帯が鳴った。西山氏からである。なんと、隣の安田町の役場に掛け合って駐車場所を確保してくれたというのだ。指示された「安田町文化センター」に行ってみると、なるほどここは静かだ。ここの駐車場でゆったり泊まっていっていいというわけである。何という心遣い。きっとここの職員が緊急会議を開き、「犬を乗せたキャンピングカーを泊めてもいいか」について激論を交わしたに違いない。

ほどなく西山氏が登場。知っているようで知らない人物というのは、挨拶の仕方が難しい。「初めまして」が無難なのだろうが、メールで何度か会話を交わしているせいか、何となくくすぐったい感じだ。

この西山氏に加え、久保田栄次氏というもう一人のゴジラ職人も加わった。

「楽しみにしちょったがよ。仕事、急いで終わらせて来たきに」

これは私の勝手な解釈による土佐弁で、本当はここまでなまっちゃおらんぜよ。

さすがに土佐っぽ。3人しかいないのに、注文する料理はすべて大皿に大盛り。「いごっそう」というらしいが、2人ともなかなかの大酒飲みである。

「やっぱ、初ゴジは別格ぜよ」

「だけんど、モールドが浅いのはいかんちゃ」

「今は、レジンでやっちゅうよ。じゃけん、モールドは深いきに」

「おれは、コールドキャストでやりゆうよ」

と、興味のない人が聞いたら、何のことやらさっぱり分からない、マニアックな会話が延々と続く。

「土佐の返杯っちゅうて、注がれた酒はグッと飲み干して、相手に返すのが決まりじゃきに。……お～お、いい飲みっぷりぜよ」

ほとんどの土佐弁は、坂本竜馬をイメージしてテキトーに書いちょるが、高知県人に指摘されるといけないので、実際の会話はもっと東京言葉に近いことを念押ししておく。

こうして初対面の3人は夜の更けるまで、浴びるほどの酒を飲み、新鮮な地元の肴を喰らい、ゴジラ話に花を咲かせるのだった。

正直を言うと、この2人に会うまでの私は、不安の方が大きかった。1ヶ月の旅の中で出会うほとんどの人は初対面である。「ホームシックになっちゃうかな～」などと思ったこともあったが、まるで初対面の2人とこうして心の底から楽しい時間を過ごすことが出来た。このことが、これから先の旅をポジティヴにイメージするために大きな力となったのである。いやあ、まっこと、のうがえい夜だったきに。

そしてもう一つ思ったのは、「アホとネットは使いよう」ということだ。とかく功罪の「罪」の方が俎上に上がることの多いネットだが、この場合のように、実に愉快な人間関係の広がりを産んでくれる場合もある。このリテラシーの面について、みんながもっと知恵を出し合うことはできないものなのだろうか。


朝の7時半に目を覚ますと、このセンターの職員はもう大半が出勤しているようだ。シャカシャカと歯を磨きながら外へ出る。

「おはようございます」

皆さん、怪訝そうにしながらも、挨拶を返してくれる。さて、まずはこゆきの散歩だ。草の生えた場所に行くと、すぐに小用をすませた。続いて「大」の方に取りかかる。こっちもたっぷりとしてご満悦。私がビニール袋を取り出そうとしたその時だ。

「あっ、バカ。何するんだよう!」

ごていねいに、自分の「大」をグニュッと踏んでいきやがった。もう、こゆたま号には乗せたくない気分だ。車にリードをつないで併走させるという手もあるが、それだと動物虐待になってしまう。しかたなく、ぬれ雑巾で徹底的に足の裏を拭き、説教を垂れてから中に入れてやった。さて、気を取り直して、今日はどこまで走るか。

せっかく土佐にいたのに、土佐の空気をあまり感じないまま、出発してしまった。土佐と言えば、やはり坂本竜馬を切り離して語ることはできない。私は竜馬の暗殺シーンをドラマなどで観るたびに考えてしまうことがある。「人間はだれでも歴史を動かすかも知れない偶然と隣り合わせ」だということだ。竜馬に斬りつけたとされている桂早之助の切っ先が、あとほんの数センチ届かなかったら、歴史は変わっただろうか。北辰一刀流の使い手である竜馬に刀を抜く時間が一瞬でもあったら、今の日本は何かが違っていただろうか。ヒトラーお抱えの理容師が、もしうっかり数ミリカミソリの刃をずらして力を入れたら、世界の歴史は今と違っていたのだろうか。

偶然というものがもしあるのなら、全ての事象はその積み重ねの上にしか成り立っていないのだろうか、などと、つい思ってしまうのである。自分自身の命にしてもそうだ。何千人、何万人と連なるわが家系の構成人員の中で、だれか一人でもズレがあったら、現在の自分は存在しないということになる。少なくとも、現在の位置には存在していないことになるだろう。とすれば当然、娘も息子も同じである。妻にしても、別の男と婚姻関係を結んだであろうから、現在以後の全て、何もかもが変わってくるはずだ。これらが本当に、偶然の積み重ねだけの上に成立するものなのだろうか。

そう考えてくると、必然などというものは存在しないことになる。必然と偶然。分からない。古今東西の哲学者、科学者、物理学者、数学者などにも結論は出せないのだから、私なんぞがいくら考えても、何も出てきやしない。しかし考えるのは自由だ。考えるのをやめるのも自由……。うーん、頭が痛くなってきた。珍しく難しいことを考えてしまった。脳みそが、三三七拍子で踊り出しそうだ。ややこしいことは、この際、抜き抜き。

さて、現実に戻ろう。さて、こゆたま号は、あいもかわらず四国の道をガンガン走る。この日の予定では、石灰岩の点在する雄大な四国カルストを見ることになっていた。しばらくの間、左手に海を見ながら走るが、やがて内陸に入っていく。山桜が見事だ。公園や学校に咲く桜もいいものだが、こうして自然の山肌にひっそりと咲いている姿には、どこか気高ささえ感じる。日本の風景の美しさというのは、「どうだ！」という胸を張った美しさではない。ねぎと白菜ばかりのすき焼きの中に、隠れるようにして煮えている極上の牛肉のような美しさである。

どこまで走っても道はガラガラだ。けれど、キャンピングカーではスピードを上げる気分にはならない。車体が重いせいで、ブレーキの心配があるからだ。乗用車のように、スムーズに停止することは難しい。スピードを出していると、どうしても制動距離が延びてしまう。まして下り坂では尚更だ。「止まって下さーい！」と、いくらお願いしても、それは叶わぬ願いというものである。

さらにもう一つ理由がある。もし急ブレーキを踏んだ場合、車内がどうなってしまうか。何しろ背負っているのは小さな家である。当然、家財道具も満載だ。マグニチュードで言えば、10とか15とかいったウルトラハイパーメガ地震が起きたような状態になってしまうだろう。それだけでなく、ブレーキパッドにも、タイヤにも、シャーシにも、大きな負担をかけてしまう。こうした理由で、スピードは必要以上に出さないのだ。

そんな理由で適度な速度を保ちながら、道をグングン上っていく。

峠の頂上付近に「雲の上の市場」という店があった。その名前からしても、標高の高いことが分かる。女性の二人連れが買い物をしているシーンを見かけ、ふっと妻や娘の顔が浮かんだ。出発前のあるシーンである。

「日本一周してくるよ」

「やめなよ」

妻はキャベツを刻む手も止めず、悠揚たる様でそう言った。

「いや、行きたいんだ」

「なんで？　もういい歳なんだから。そろそろ落ち着いたら？」

言葉尻からすると、どうも反対らしい。こうした時には口を開かず、沈黙の力を借りた方が良い結果につながるケースが多い。案の定、妻はキャベツの手を止めた。

「……もしかして本気？　いつから？　もし行くにしても、もっと暖かくなってからにすればいいじゃない」

「いや、日本の風景を味わうには、今がいいんだ。今がまさに日本なんだよ」

「なにそれ、意味がわかりません。で、どのくらいいくつもり？」

「まあ、１ヶ月くらいかな」

「どうしてそんなにかかるの？　高速道路をつないで行けば、もっと早いでしょう」

「いや、それじゃだめなんだ。じっくりと自分の来し方行く末を考えたり、日本の原風景ってものをだなあ……」

「だって、栄養が偏るわよ。野菜中心の食事なんて、自分じゃできないでしょ?。それに仕事だってそんなに空けられないでしょう」

いかん、形勢不利だ。けれど負けるわけに行かない。だって、行きたいんだも～ん。

「えーっとね、それは、あの、パソコンを持って行くから大丈夫だ。１ヶ月くらいなら、データのやりとりで何とかなるだろう」

「だけど、きっと体調崩すわよ。家にいたって不規則なんだから心配よ。あなたが一人で外へ出っぱなしなんて無茶よ」

いつにない、妻の熱っぽい口調にタジタジの私。むむっ、手ごわい。

「で、でもさ。いい仕事をするためには、エネルギーの補給も必要だし、出力ばかりじゃなくて、入力の方にも力を入れないと、作品が薄っぺらになってしまいますので……」

「だめだめだめ。だーめったら、だーめ。どこかで行き倒れにでもなったら、私が迎えに行くんでしょう？　私は忙しいんだからね。だーめ！」

思わず一歩、後ずさり。何もそんなに口角泡を飛ばすこたぁないだろが。

そんな妻とは対照的に、娘は私の言うことなど歯牙にもかけない様子だ。

「分かんないの？　おかあさん、それだけ心配なのよ。まあ、あたしはいいと思うよ。ただし、もうお若くないってことはお忘れなく」

その言葉に間違いはない。でも、改まってそう言われると、ひと言言い返したくなる。

「人間は、年をとったから旅をしなくなるんじゃない。旅をしなくなるから年をとるんだ」

どこかで聞いたことのあるようなセリフだ。

「それに、こゆきと一緒に行ってくるから、一人旅じゃないんだ。だから大丈夫だって」

こゆきが絶対的に服従する相手は私だけなので、家に置いていくわけにはいかない。妻や娘がコマンドしても、聞こえないふりをしやがるからな、ヤツは。

それにしても、こんなに反対されるとは、思ってもみなかった。もっとすんなり、

「じゅうぶん気をつけてね。あなたの無事のお帰りをずっと祈り続けているわ」

とか言って、私の手をかたく握りしめるのかと思ったら、全然ちゃうやん！

どんなに反対されたって、これは自分の人生の大いなる句読点なのだ。新たなる自分を探すための旅なのだ！　などといろいろと小理屈を並べても、結局のところ、とにかく家から抜け出したかったのかも知れない。くる日もくる日もくり返される変わりばえのしな

い日々。家にいると、毎日同じビデオをくり返し観ているような気分になる。このままだ無駄に年をとり続けてやがて朽ちていく。

そんなことでいいのか。以前はもっと、ゆく雲の如く閑々と生きていたはずなのに。いったいいつから、こんな自分に成り下がってしまったのだ。ああ、いやだ、いやだ。

こんなやるせなさに頭を抱えていると、こゆきがしっぽを振って近寄ってくる。そしてしわの増えた私の手をペロペロとなめるのだ。

「おい、こゆき。一緒に旅に出ような」

グッと抱きしめた後、腕を離したとたんに体をプルプルとゆする。なんかムッとくる。

こうして、私とこゆきの日本一周が決まった。決めてしまった。こう書くと、暇をもてあました自由人が思いつきで出した結論のようであるが、案外そうでもない。

私は大学を出てから、小学校の教員として仕事を始めた。その途中で文章を書き始め、二足のわらじで大車輪という時代を過ごした後、現在の仕事に専念するようになった。自分で言うのも面映ゆいが、ここまでかなりの速度で人生を走り抜けてきた感がある。少しの間、ギアを一段落として、ゆっくりと走ってみたくなった。その切りかえ作業が、今回の旅なのだ。油ぎれの体と精神に油を注ぎ足してやるのだから、車の定期点検のようなものだ。一度自分をリセットして、そこからまた次のステップへ踏み出そう。本気でそう考えたのだから、あんたはえらい。

ところで、「どうやって最終的に妻を説得したか」について触れておきましょうかね。「脅迫」とか「拝み倒し」という手もあるが、これは後々にしこりを残しそうな気がして、お勧めできません。何となくそんな気にさせちゃう、というのが一番いいかも。

「これでエネルギーを充填すれば、きっと仕事も進む。そうすれば収入もアップするし、気持ちにゆとりが出て、家事だって手伝えちゃうような気がする」とか「さて、この旅から帰ったら、次は君とどこへ行くかな」とか、理屈ではなく、ムード攻撃の方が成功率が高い。わが家はそうだった。ちょっと待て。それよりも、「キャンピングカーをどうやって手に入れるか」の方が先決問題だ。これについては、テレビドラマの中で、リリー・フランキーが使っていた手がある。(ただし、早期退職者に限る)「早期退職の上乗せ分ぐらいで買える。つまり、もともとの退職金は丸々残るんだ」という、数字を提示して説得するやり方。そして定年退職の場合は、「ここまでずっと働きづめだったから、実は自分にごほうびがあってもいいかなと考えていたんだ。けれど、その考えは捨てて、『家族にごほうび』『女房にごほうび』の方がいいと、思い直したのさ。それが、キャンピングカーなわけ」という、煙に巻いちゃう口説き方などがある。えっ、それでもだめだったら?

さあ、それはそれぞれの家庭の事情というものがあるので、ご自分で考えて頂きたい。

例によって、話が飛んでしまった。その後もあまりに道がすいているため、「もっと走っておきたい」という気持ちが沸いてくる。

「待てよ、四国カルスト周辺で宿泊すると、フェリー乗り場の八幡浜までは、まだかなりの距離を残すことになるな。すると、朝イチのフェリーは無理。下手すると11時半のフェリーだってギリギリかも」

一度こう思ってしまったら、もうだめだ。

「ええい、八幡浜まで走ってしまえ。そうすれば、朝イチのフェリーだって楽勝だ」

と、四国カルストはパスして、ナビを設定し直す。

ふと、こゆきに目をやった。なんと、自分の席で寝ている。つまり、私の左腕や左ヒザにしがみつかなくても、眠れるようなったということだ。これは実に大きな進歩である。とにかく車に乗っている間は、緊張から絶対に眠らない犬だった。そして、必ず私のどこかにしがみついていた。今、その両方を一度に卒業したのだ。犬も学習し、成長するのだなぁ。えらい、えらい。ところで犬はどうして寝る態勢に入る前、その場でくるくると数回回るのだろう。観察してみると、平均3回ほど回ってから、よいしょとお休みの態勢に入る。ふーむ、犬のやることはよく分からん。

3．九州【人情と桜】

一路、森進一の「港町ブルース」にも歌われた八幡浜を目指す。何とか日暮れ前に到着したいと、山笑う街道をひたすら走った。こうした道を走っていて思うのだが、時々「こんなところに人がいるのか」というようなところにポストがある。ここに投函して本当に届くのか、どうしても不安になってしまうのだ。以前旅をしていたときに、栃木の山の中で、忘れられたようなポストがポツンと立っているのを発見したことがある。試しに自分宛の葉書を書いて投函したところ、帰宅したらちゃんと届いていたので、感動した覚えがある。こんなことでも、さすが日本！　と、自分の国を頼もしく思ったものだ。

どうにか着いたのは薄暮の時刻。だがもう一歩、日本で最も細長い半島である、「佐田《さだ》岬《みさき》半島」を走ってみることにした。そして走ること20分。日帰り温泉の看板が出てきた。〝亀ヶ池温泉〟。どことなく哀愁を帯びたその名前に惹かれ、道を左に折れる。すると、とんでもなく急な下り坂になった。レンジをLにして、エンジンブレーキの力を最大限に借りる。「ディーゼルだからいいものの、ガソリン車のキャブコンだったら、帰りは登り切れまい。うふふ」と、ささやかな優越感に浸る。

暗く長い坂道を下ると、いきなり実に立派な温泉施設が現れた。アマゾンのジャングルを進んだら、突然目の前に赤坂サカスが建っていたような気分だ。さっそく一風呂浴びて、長かったこの日を振り返る。さっぱりして、駐車場の一番奥に停めたこゆたま号に戻ると、一つ隣の駐車スペースに、1台の乗用車が停まっており、その傍らでタバコをふかしている男性がいた。

「いやあ、いいですね、キャンピングカー」

向こうから声をかけてきた。N氏としておこう。

「使い方次第ですけどね。風呂上がりですか?」

「ええ、いつもこうやって、風呂上がりに一杯やってるんです」

「一杯?　でも、車でしょう?」

「そう。だから、ここで泊まるんです。風呂に入って飲んで寝る。こいつでね」

そう言って、自分の車をポンと叩く。グレーのステーションワゴンだ。

「ということは、ここで宿泊、OKということですか?」

「もちろん。私なんか、しょっちゅうここで寝てますよ」

そりゃラッキーだ。躊躇なくこゆたま号も便乗。ここなら移動を求められる心配も、元気なお兄ちゃんたちが来る心配も全くないというので、久々にビールの栓を開けることもできそうだ。ありがたい情報を提供してくれたこの客人を、こゆたま号に招待することにした。こゆきは最初吠えたが、犬用のおやつを与え、なだめすかすとじきにおとなしくなった。飼い主が笑顔で接している相手は安心と、犬なりに判断するのだろう。

「はあ～、これがキャンピングカーの中ですか。初めて入りましたよ」

そういう人は多い。キャンピングカーというものの存在は知っていても、その実態はほとんどの人が知らない。幽霊という名前は知っていても、それをじっくり観察した人がほとんどいないようなものだ。

中に入って感じることは、まず天井が高い。室内が広い。そして装備品が豊富ということである。こゆたま号も、室内高が2メートル近くあるので、たいがいの日本人なら不自由はない。着座はゆったり6人。就寝も5人は問題ない。装備品については、すでに書いたので省く。トイレが水洗ということに驚く人も多い。さらに気になるのが、エンジンを切ったままでどうしてこんなに家電品が自由に使えるのか、ということである。これについても既に書いたが、メインのバッテリーの他に、大容量のサブバッテリーをトリプルで積んでいる。またソーラーパネルを2枚積み、その上「走れば充電」という走行充電システムを採り入れている。これだけあれば、騒音のもととなるジェネレーター（発電機）を積まなくても、充分に生活ができる。

「これだけの装備があっても、滅多に出かけられないからもったいない」という理由で、キャンピングカーに手を出さない人も多い。ところが違うんですなぁ。こいつには実にいろいろな使い道がある。中には、「キャンピングカーは不動産です」という人もいるくらい。つまり、家に駐めているときも、家として、部屋として、大いに活用しているということである。私もよく、誰にも邪魔されない書斎として使っているし、整頓してあれば、応接間としても使える。不意な来客の客間としてもいい。最近では、災害対策として購入している人も増えているという。確かに、水や非常食などを常備しておけば、移動できるテントになる。エアコン装着車であれば、さらに使い道は広がる。

それはさておいて、ご招待したN氏と一献酌み交わそう。冷蔵庫からキンキンに冷えたビールを取り出す。ついでに2リットル980円の高級ワインも出してしまおう。にここ。

「野田っていうと、岩手から来たんですね」

確かに岩手には「野田」という場所がある。しかし、そこは「野田村」だ。いくらなんでも、村のナンバーはないだろう。

「いいえ、千葉です。千葉の野田市って……」

「わかった。醤油の野田市だ」

なんだ、知っているんじゃないか。それにしてもわが野田市というと、やはり「醤油」というイメージか。ほかにもいろいろあるのになぁ。コンビニに牛丼屋。ラーメン屋にバス停。豆腐屋だってあるんだぁ！　などとわめいても空しくなるばかりなのでこの辺で。

あれこれと話をしていると、この男性は車中泊をすること自体が楽しみで、場所はどこでもいいらしい。だから特に旅へ出たりはしないそうだ。

「自宅は八幡浜市内なので、近くで車中泊しても落ち着かないんですよ。その点、ここはとびきり静かで落ち着きますからね。近くに道の駅が2箇所あるんですけど、トラックがエンジンをかけたまま泊まっていくことがあるので、敬遠してるんです」

私も日ごろから、それを不思議に思っている。大型トラックというのは、どうして季節を問わず、ひと晩中エンジンをかけっぱなしにするのだろう。夏ならエアコンを回すため、冬なら暖を取るためだろうということは想像がつく。しかし彼等は、気候のよい春だろうと秋だろうと、ゴロゴロゴロゴロとエンジンをかけているのだ。なんとまあ、もったいない。

私とこの車中泊マニアが1時間少々話をしたころ、こゆきが【ハウン】を連発し始めた。明らかに不満の意思表示だ。と、タイミングよく、N氏もあくびをする。

「さて、ごちそうになりました。じゃあ私は自分の車に戻ります。おやすみなさい」

やれやれ、人生、実にいろいろな楽しみ方があるものだ。私も何日ぶりかの酒に心地よく酔い、こゆきと共に夢の世界へ落ちた。枕も下に落ちた……。

私は朝が弱い。目を覚ますと、車中泊マニアは既にいなかった。ワイパーに「ごちそうさまでした」と書かれた紙切れがはさんである。互いの名前も知らないままに過ごした出会いと別れ。男同士なのは残念だが、どことなく演歌っぽくて、なかなかよろしい。

それにしても季節は蛙の目借り時だ。私はいつの間にか再入眠していた。まったく二度寝の幸福感は、何にも替えがたい。マラソンの給水所に、キンキンに冷えた生ビールのジョッキが置いてあるくらい幸せだ。ただし、その幸福感と引き替えに、結局、朝イチのフェリーには乗れず、11時半発のフェリーを待つことになった。

小半時待っていると、乗船のアナウンスが流れた。乗りこむのは、こゆたま号を含めて5台ほどの乗用車と、3台の大型トラックのみ。これで、採算が合うのだろうかと、老婆心ながら気になった。それはそうと、こゆきにとってこれが初フェリーだ。ペットは車内に残しておくことになっている。わずか2時間の船旅とはいえ、いったいどのような反応を示すのだろうか。心配半分、興味半分である。

こゆたま号を離れる私を、こゆきは不安そうな目でじっと見ている。しつこいが、これも修行の一環だ。

船内に入るとガラ空き。買いこんだ「ジャコめし弁当」を食べながら、窓の外をじっと見ていた。近海運航のフェリーには、たいてい「オートレストラン」のような設備がある。

そのほとんどがカップ麺か、焼きおにぎり等の自動販売機が置いてあるものだ。旅先のフェリーで、あれはいかにも無粋だ。その点、弁当というのは嬉しい。汽車に乗ったら駅弁、ゴホンと来たら龍角散という感覚である。

食事が終わると、だれもいないデッキに出た。私は船に乗ったら、必ずデッキから身を乗り出して下を見る。鏡のような海面に湧き起こる白い波を見ているのが好きだ。そして次には船の後方を見る。そこには過去の時間が、長い尾を引いて伸びている。青い海面に残る白い航跡。ほんのつかの間残るその時間の尻尾は、そんなものは元からなかったかのように、あっという間に広大な海へ溶けこんでいく。それが、生き物の生きてきた痕跡のように思えてならないのだ。

そんなことを考えていると、2時間少々の船旅など、あっという間に終わってしまう。さて、こゆきはいったい、どのような反応を見せるのだろうか。

「おい、こゆき。どうだ、初フェリーのご感想は」

尻尾を振って飛びついてきた。パニックになっているような様子はまったくない。よかった。この先、もっと長い時間のフェリーに乗るのだから。

こゆきは車酔いもしなければ、フェリーの揺れにも耐えられる。この点はありがたい。クルマ、フェリーのどちらがだめでも、一緒に日本一周することはできない。特に北海道に渡るためには、フェリーに乗るしかないのだから。ここは、こゆきに感謝だ。

九州に上陸すると、一気に南国の気配が漂ってくる。そびえる椰子の木。明るい色の海。そして何よりここではもう桜が満開を過ぎ、葉桜になっている。満開の桜に追いつき、追い越したわけだ。

この日の宿を求めて、とりあえず走る。曇り空ではあるが、時折雲の切れ間から差し込む南国の陽光が、海の青を鮮やかに浮かび上がらせている。ああ、俺は南国まで走ってきたのだ！　と、それはいいのだが、食料が乏しくなってきたのに、ふと気がつく。食料品スーパーを探して買い物だ。

野菜と豆類を中心に買い物をする。ビールも昨夜で一気に底をついたので買いこむ。近くに携帯を耳に当て、大きな声を上げている紳士風の姿があった。

「なに？　いくつ買えばいいの？　肉は何の肉をどれだけ？」

奥さんに頼まれた買い物だろう。きっと本人は、あそこまで大きな声で話しているつもりはないのだろうが、かなり迷惑だ。

その近くでは、女子高校生らしき二人が、並んでいる商品を見ては爆笑している。

「いやだ、これ、なに？　チョー受けるぅ！」

いったい、何がそんなにおかしいのだろうか。二人が去った後、その売り場に行ってみたが、ただチョコレート菓子が並んでいるだけだった。ミステリーである。

視線を変えると、人だかりを見つけた。店員が、値引きのシールを貼り始めたのだ。ドッと群がるおばちゃんたち。いずこも変わらぬ光景だ。かくいう私も、30パーセントオフや半額の商品をゲットする。

どうにか買い物をすませて、一番空いていたレジに並ぶ。「やった！」と思ったのもつかの間、自分の前にいるおばさんの買い物かごが山盛り状態だ。それも二つ。この時の絶望感と言ったらない。それでもじっと我慢して、自分の番が来るのをひたすら待つ。その間にも、他のレジに並んだ人たちに、どんどん先を越されていった。「あっちに並んでおけばよかった」と思っても、時すでに遅し、である。

さんざん後悔した果てにどうにか、おばさんの会計までこぎつける。ところが支払いに万札を出し、そのあと端数の小銭を懸命に探している。その長いこと。結局「細かいの、なかったわ」ということで万札払いに。んもう、最初からそれでよかったじゃないの！

そんな試練にも耐え、ようやく自分の番が来た。レジの若い女性は、胸に「実習生」と書かれたプレートをつけている。

「ありがとうございます。こちら、年齢確認をお願いします」

どうして私がビールを買うのに、年齢確認が必要なのだ。未成年に見えるのか。そんなわけはないだろうと思いつつ、確認のモニター画面をピッと押す。

「こちら、半額になりまぁす。半額でぇす！」

南国九州に突入——椰子の木が見られるようになると、「南国へ来た」という気分になる。車中泊した日帰り温泉駐車場にて。こゆきはここで、白い壁をじっと見つめるという、謎の行動を取った。

なぜそんなに大きな声で、私が半額の商品を買ったことを、周囲に知らせる必要があるのだ。思わず下を向いてしまう。ええ、ええ。どうせ半額を買った私が悪いんです。買い物をするのに、こんなに疲れるのも珍しい。軽い目まいを覚えながら、こゆたま号のドア付近でこの先どうしたものかと思案していると、年配の男性が話しかけてきた。

「これってキャンピングカーですか？」

戦車でないことは確かだ。

「ええ、まあ……」

「野田って、どこです？」

ここまで何度、同じことを尋ねられたかわからない。この質問を耳にしたときは、さすがに「ああ、遠くにいるんだなぁ」と思う。

「千葉県です」

「ほうっ、そんな遠くから。それで今日は、この先のキャンプ場に泊まるんですか？」

キャンプ場があるのか。けれど今回の旅は、そのような便利だけれど金のかかる場所には泊まらない計画だ。そのことを男性に告げると、こんな言葉が返ってきた。

「だったら、少し先の温泉の駐車場で泊まっていけばいいですよ。あそこは広いし、いつでも何台か、泊まっていく人がいるようですよ」

いいことを聞いた。お礼を言って、さっそく偵察にかかる。広い！　確かに広く、海を眼下に見下ろす立地条件は言うことなし。決めた。この日の宿はここだ。風呂は昨日入ったので、この日は省略する。

海を渡ってくる風に吹かれながら、こゆきを連れてのんびり散歩だ。入りもしないのに、温泉施設の周囲を見て回る。と、こゆきの足がピタッと止まった。まっ白な壁のすぐ前でその壁をじっと見つめている。10秒、20秒……。いったい何があるというのだろう。

「何だ？　何があるんだ？」

私もこゆきの隣にしゃみこんで、同じようにじっと壁を見つめた。10秒、20秒……。突然こゆきが踵を返し、何ごともなかったようにさっさと歩き出した。私にはわからない。いったい、この壁に何があったというのだ！

犬というのは、時折理解不能な行動を取る。雨の中を散歩していると、時々立ち止まって上を向き、目をシバシバさせていることがある。わざと目で雨を受け止めてとしか思えない。「おなかをさすって」と仰向けになって催促するくせに、さすると〝ウーッ〟とうなってこわい顔をしたりする。それでやめると「もっとやって」と催促する。よく観察していると、わけが分からなくておもしろい。

犬には「今の瞬間」の世界が最も大切だ。ある日、いきなりクルマに乗せられて、1ヶ月も日本中を巡ることになっても、犬にはいったい何が起きているのか分からない。どうしてそんなハメになっているのかも分からない。また、先の予定もまったく分からない。

いつになったらクルマが停まるのか。休憩はいつするのか。ゴウゴウと大きな音のする薄暗いフェリーの空間に押しこめられても、それがいつ元の状態に戻るのかも分からない。今、ドアが開いたけど、ご主人は何をしに出て行ったのか。分からないことだらけの一生である。おそらく過去を振り返ることもないだろうし、未来に思いを馳せるということもないだろう。〝今の瞬間〟だけを頼りに生きている。まさに「ここはどこ？　わたしはだれ？」なんだろうな。言い替えれば、計算することなく生きているのだ。それだから、私たち人間は彼等、彼女たちを護ってやりたくなる。人間にないもの、人間がはるか昔になくしてしまったものを持っているから、一緒にいてあげたくなるのだと思う。人間は、自分の見たいものしか見ようとしない。けれど犬は違う。見たいものも、見たくないものも同じように見ている。そんな犬たちの見ている世界というのは、いったいどのような世界なのだろう。こゆきに日本語を教えてくれるトレーナーがいたら、即、レッスンをお願いしちゃうのだが……。

静かな一夜を過ごした翌朝は、ブラインドのすき間から入ってくる光で目が覚めた。この日は、本土最南端の地、「佐多《さた》岬」を目指すのだ。日向灘《ひゅうがなだ》を左手に見て、こゆたま号は軽快に走った。これでもかと登場してくる景勝地の看板に目もくれず、ただひたすらに佐多岬を目指した。ここは、30年以上前の思い出の地である。

そのころの私が〝自転車野郎〟だったことは既に書いた。その私がある時、日本縦断を計画したのだが、そのスタート地点がこれから向かう、佐多岬だったのだ。あの地は、今でも同じ姿をしているのだろうか。ひょっとすると、あの時うっかり置き忘れてきてしまったタオルが、今でもそのまま残っているのではないか。薩摩人は正直者が多いというから、もしかすると、かなりボロボロになりながらも残っていたりして。

ところで薩摩人というと、「チェースト！」とか叫びながら斬りかかってくるイメージがあるのだが、これって単なる私の思い込み？　ところで「チェースト」とは何か。チェストは「タンス」だよね。「たんすー！」って叫びながら斬りかかってくるんだろうか。ふーむ、分からん。まあ、いいか。

「こゆき、今日は最南端まで行くんだぞ」

と、何気なく、中央部の〝こゆきシート〟に目をやる。気のせいだろうか、なんとなくこゆきに元気がない。

「おい、どうした。最南端へ行くんだぞ」

そう言って、背中をポンと叩いても、反応がない。とろんとした眼で私を見ている。こゆきにも、そろそろ疲れが出てきたのだろうか。そう言えばここまで走りっぱなしの日が多く、あまりこゆきに自由な時間を与えていない。ちょうどいい具合に駐車スペースがあったので、そこでこゆたま号を停める。改めて見てみると、こゆきの朝食の大半が残っている。肉体的な疲労か、ストレスか、それとも体調でも崩したか。

最南端。それは私の勝手な思い入れだ。だから夢中でここまで、走りに走った。けれどこゆきには何の関係もないこと。〝こゆきシート〟でうずくまっている限りは、景色がどれほどきれいでも、私の脚と運転席まわりの計器ぐらいしか目に入ってこないだろう。自分が現在どこにいようと、これからどこへ行こうと、ちっとも関係ないのだ。それを私は忘れていた。芝犬は我慢強い犬種だという。それだけにストレスを溜めやすいとも言える。

「ごめんな。少しゆったりしようか」

ここでこゆきのおやつを持って、のんびりと散歩をした。しきりに葉っぱの先を臭いを嗅いでいる。いったいどんな臭いがするのか、人間にはとんと分からん。周囲にだれもいないのを確認し、リードを離してもやった。走る、走る、走る。溜まりに溜まったストレスを一気に吐き出すかのように、こゆきは走った。

動物は疲れたとも、喉が渇いたとも、どこが痛いとも言えない。そんな動物を、人間の都合で旅に連れ出すのなら、その人間が、彼等を徹底的に護ってやる責任がある。こゆきにしても、自分から「旅がしたい」と言い出したわけではない。できることなら住み慣れた場所で、大好きな（と思いたい）家族と一緒に楽しく過ごしていたかったはずだ。それを強引に、そしてこゆきにとっては、いつ終わるとも知れない日本一周などという旅に同行させられているのだ。少しでもこゆきが〝楽しい〟と思えるような旅にしてやろう。今できることは、それしかない。……とは思いながらも、時々「こいつがいなければ、もっと自由な旅ができるのに」と思ってしまう自分もいる。身勝手な男だ、私というヤツは。

それにしても、「1ヶ月で日本一周」という計画には少々無理があったように思い始めていた。走るだけの旅になったら、「何のための日本一周だ」ということになってしまう。

たっぷり休憩を取った後、再出発。その後、大崎にある道の駅で再び休憩。ここには、キャンピングカーも何台か停まっていた。こゆたま号よりも高価なバスコンだ。

「おっ、RVランドじゃないか」

こゆたま号を購入した店のステッカーが貼ってある。もちろん、こゆたま号にも同じステッカーが貼られている。

「こんにちは」

中から突然オーナー夫妻が出てきて、挨拶をされた。

「やあ、こんにちは。RVランドで購入なさったんですか?」

と、こんなことがきっかけで、会話が始まる。

「あのショップはスタッフの感じがいいですね」

「佐々木さんは、愛想がいいですよね」

「はいはい。舟橋さんっていう若い子も、しっかりした対応をしますよ」

「長谷さんなんかも、丁寧ですよね」

「阿部社長は若いのに、なかなかやり手で……」

こんな遠くに来て、聞き慣れた人の名前がポンポン出てくるのは、どこか愉快なものである。見知らぬ土地へ来るというのは、どれだけ旅慣れた人でも、どこか心に不安や緊張を抱えているものだ。そこで耳に馴染んだ情報が交換できるのは、実にホッとする瞬間である。楽しい立ち話の途中で、何気なくバスコンの内部を見た。いや、見えた。そのなんと、整然としていること。こゆたま号などは、中で何かが爆発しちゃったの？ と思われるほど雑然としている。脱いだものは脱ぎっぱなし。ひっくり返ったものは、そのまま転がしてあり、もはや走るゴミ箱と化している。一方そのバスコンたるや、奥方が同乗しているおかげでもあろうが、こちらは走る応接室とでもいった雰囲気だ。キャンピングカーもオーナー次第で、ずいぶん違ってくるものなんだなあ。

おしゃべりをしていると、中から2匹のシーズーが顔を出した。このように、犬連れで旅をするキャンパーはとても多い。それは、キャンピングカーだからこそできる旅だ。まず、一般の旅行スタイルではペット連れそのものが難しい。それでは、乗用車ではどうか。これだと移動はできるが、車中で犬がくつろいだり、飼い主と遊んだりすることなど到底できない。その点キャンピングカーだと、容積の面で圧倒的なアドバンテージがある。犬も自由に行動できるし、飼い主と楽しく遊ぶことだってできる。犬、人間共にストレスの点でまったく違ってくるのだ。昨今は、生意気にも「ワンコ仕様」のキャンピングカーも増えているくらいだ。中には、犬が移動中に外をながめられるように、犬専用ののぞき窓がついたキャンピングカーまである。

こゆたま号も、ワンコ仕様とまではいかないが、犬連れの旅には便利なつくりになっている。既に述べたが、キッチン前は水洗いのできるFR製で、いわゆる〝土間〟になっている。雨の日は濡れたまま乗せてもOKだし、足が泥だらけでも大丈夫だ。ただし、毎日欠かせないことがある。「ブラッシング」と「タオルふき」だ。特に柴犬のように、毛がたくさん抜ける犬種は、入念にブラッシングをしないと、車内がとんでもないことになる。また、散歩のあとは、まず濡れタオルで体を拭き、次に乾拭きをする。これは犬のためでもあり、人間のためでもあるのだ。

「じゃあ、またどこかでお会いしましょう」と、名刺の交換をし、こゆたま号はさらに南へと向かった。やがて目の前に錦江湾が広がってくる。予定よりもかなりペースダウンしたせいで、既に日が西に傾き始めている。目的地の一つでもある、本土最南端の道の駅「根占《ねじめ》」に着いたころには、道ゆく車もほとんどいなくなった。

のぞいた道の駅に客は一人も居らず、店内は片付けの準備に入っていた。

「ゴールデンビーチっていうのは、このあたりの砂浜一帯をいうんです。夕日がきれいな夕方には、一面の砂が黄金色に輝くんですよ」

店員がどこか誇らしげに言う。その時刻にはまだ早そうだ。さらに話を続ける。

「佐多岬へ行かれるんですか？　距離的にはたいしたことないけど、今はレストハウスも展望台も全部壊されて、更地になっていますよ。だから、今行く人はあまりいませんね」

それを聞いて、一気にさみしい気分になった。30余年前に訪れた、あの時のあの風景を期待していたからだ。それでも、最南端へ行くということ、それも今回の旅では大きな目的の一つになっている。そうなると、時間に余裕はない。即スタートだ。

たしかに後ろから来る車も、すれちがう車もほとんどいない。何しろこの道は佐多岬にしか通じていないのだから。

20分ほど走っただろうか。正面に海が見えてきた。佐多岬だ。以前来たときには、岬の数キロメートル手前から、専用のバスに乗らなければ岬に到達することはできなかったが、現在は自分のクルマで奥まで入れるようだ。ソテツやビローの間をかき分けるように進むと、灯台が見える。黄昏時という時刻のせいもあるのだろうが、まるで人がいない。そしてクルマを停める場所は、一面の更地だ。大輪島の頂上に建つ白亜の灯台を、目の前に見る展望台も今はない。あの時と同じ場所に立っているはずなのに、その実感がまるでない。これでは、30年前に置き忘れてきたタオルなど、あるわけがない。（当たり前かも）

清掃作業をしている女性がいたので、声をかけてみた。

「ここ、壊しちゃったんですね。新しく建て直すんですか？」

「そうだっていうふうには聞いているんですけどね。建て直すんだか、潰してしまうんだか、私らにはよく分からないんですけどね」

私はひと言お礼を言って、足早にこゆたま号へ戻った。無性にさみしい気持ちになった。「来なければよかった」とさえ思ったほどだ。人には、そのままに残しておきたい風景がある。それが突きくずされてしまうのは、とても悲しいことだ。

「こゆき、帰るぞ!」

可能であれば、佐多岬で一夜を過ごしたいと思っていた。そこで、若き日に自転車でたどり着いた記憶をゆったりとたどってみたいと思っていたのだ。けれどそれは、やめることにした。事実を知ったことで、何かを失った気がしてならないのだ。

そんな意気消沈した私を気遣うかのように、こゆきがわたしの顔を見て「クウン」と悲しげな声を上げた。

「おまえだけだよ、オレの気持ちを分かってくれるのは」

このころから少しずつ、こゆきは単なるペットではなく、共に旅をする〝相棒〟になり始めていた。

こゆたま号は、一路北へと進路を変えた。

最南端の地を後にした私に、宿泊地のあてはなかったが、とにかく早く佐多岬から離れたかった。どうしてだろう。だれにも時の流れは止められない。自然に変わっていくことこそが自然なのだ。そんなことは分かっている。もしかすると、既に新しいレストハウスや展望台が完成していたら、時が経った事実を何の抵抗もなく受け入れられたのかも知れない。しかし、更地という何もない空間を見てしまったことが、私をこんな気持ちにさせたように思えてならなかった。

もう、車はほとんど通らない。墨絵ぼかしのような開聞岳と、錦江湾に沈む夕日が美しかった。と、左手に未舗装の空き地を見つけた。条件反射のように、こゆたま号をその空き地に寄せて停める。眼下の海と砂浜が金色に輝き、時空のドアの向こう側を想像させた。〝ゴールデンビーチ〟の呼び名も、あながち誇張ではないかも知れない。

こゆきと一緒にこゆたま号を降りた。夕間暮の浜辺は、言いようのない静寂感に包まれていた。静寂であるということは、何も音がしないということではない。静かに打ち寄せる波の音。屋根を濡らす衣擦れのような雨音。風に揺れる稲穂のささやき……。そうした幽かな音の中にこそ、静寂が存在する。

今、まさに沈もうとする夕日を見ている私に、こゆきが前足でピョンと飛びついた。

「おまえはいったい、何を感じているんだ？　自分が今、旅をしていることを分かっているのか？」

何も言わない。何も答えない。だからこそ、旅のパートナーとして申し分ないのだ。訴えかけてくる風景は、ただ見つめていればそれでいい。それを評価する言葉など要らない。私が一人旅を好んできた理由の核はそこにある。愛犬との旅はそれに近い。いや、ひょっとすると、それ以上の魅力を持っているかもしれない。〝愛しい〟と思えるいのちがここにいる。護るべきいのちがここにある。愛犬との二人旅は、決して感情の流れの邪魔をしない。なぜか今は、素直にそう思える自分がいた。

ここで旅に出て初めてカメラの三脚を取りだし、私、こゆき、こゆたま号の3ショットを撮る。夕景色はあっという間に夜景に変わり、さざ波だけが黒い海の中で呼吸をしていた。正面に見える明かりは、湾の向こうの指宿か。こゆたま号のポーチを点し、その明かりの下に折りたたみチェアを広げる。ここなら外で食事をしても誰の迷惑にもならないだろう。かといって、食事のしたくをする気にもならず、カップ麺でとりあえず腹を満たす。

海が月の光をゆらゆらとはね返している。この先にも数々の落胆が待っているのだろうか。落胆……。それは私がこの旅の中に、過去の旅をオーバーラップさせようとしているからなのだろう。この日のような思いをしたくなかったら、過去と現在をすっぱり切り離すことだ。それができなければ、この旅が楽しいものには決してならないだろう。

【ハウン】と、現実感たっぷりの声がして、私は自分を取りもどした。

「ごめん、おまえの晩飯、まだだっけな」

追憶の世界から無事に帰還し、キッチンに入った。

冷蔵庫から超特売の肉を取りだし、食べやすいサイズに切る。そして煮込んでドッグフードの上から煮汁たっぷりにかけてやる。やれやれ、ご主人様はカップ麺なのに、犬にはこの手間暇。まあ「ついてきて頂いている」という負い目があるから仕方ないか。煮汁が冷めるまで、しばしお預けだ。

犬の食事は〝犬食い〟だ。ガツガツバクバクとにかく速い。食事の度に、一週間も何も食べさせてもらっていなかったかのような食べ方をする。だから、エサはあっという間になくなるが、時々そのカラになったエサの皿をじっと見つめていることがある。「あんなにあったエサは、いったいどこへ行ってしまったんだろう」と、不思議に思っているのかも知れない。オメーの腹の中だよ、と教えてやっても、ノーリアクションである。

「メシが冷めるまで、おまえも最南端の旅情をよく味わっておけ」

私の言葉に、もう一度【ハウン】が漏れた。そのこゆきを見ると、私の足もとにぴったりと寄りそっている。私が不機嫌な顔や態度でいる時とでは、こゆきの行動がまるで違う。こんなへたれ犬でも、飼い主の感情に対しては敏感である。このごろ、こゆきが自分の心の鏡だと思える時がある。私の気持ちにゆとりがあれば、こゆきは無条件に甘え、頼ってくる。けれどそうでない時には、その逆になる。どだい、「こゆきを逞しくしよう」しか「これは修行だ」などと考えて同行させていること自体、間違っているのかもしれない。

最南端の空き地にて――ここから見た夕景の錦江湾は、実に印象的だった。道端のさりげない空地に泊まることができるのも、キャンピングカーならではの旅。

などとシリアスなことを考えていると、こゆきの尻から、〝ぷすー〟っと音がした。それだけならともかく、自分でしておいて、私の方を振り返ってじっと顔を見る。

「オレの顔を見るんじゃない！」

まったく、あつかましさだけはしっかり身につけおって。こゆたま号のポーチを消すと、周囲に人工的な明かりは何もない。視線を上げれば、夜空に白い月が玲瓏《れいろう》として輝いていたのであった……なんていう高尚な雰囲気が、ぶちこわしじゃないの。

翌日、私は早くも北上を開始する。目的地も設定せず、とにかく北上あるのみだ。

大隅半島を突き抜け、桜島をかすめてひたすら走る。この日は何となく、ナビに頼らず走ってみたくなったのだ。

ある脳科学者が言っていた。「ナビゲーションシステムやスマートホンなどの普及により、人間は脳の思考回路を刺激しなくなり、その結果アルツハイマーなどの増加つながっている」と。おそらく私の脳も、思考回路の休息過多で、萎縮が進行しているに違いない。「よしっ、ナビなどあてにしないで走るぞ！」と、そんなことを考えていると、いつの間にか東に向かって走っていることに気がつく。「だめだ、ナビを使おう」。柔軟な姿勢で状況に応じることは大事だ。とりあえず、北の方向にある「高千穂」を目的地に設定。

これで安心して走れる……はずだった。ところがナビに表示されている道は通行止め。

その脇に「迂回路」の表示板がある。それに従い、そろりそろりと道を探す。

「おっ、この道だな。なんか狭いな〜」

などと言いながら、おそるおそる進入する。すれ違いは無理だが、こゆたま号でも、どうにか先へ進める道だ。どんどん進む。ナビを見ると、マイカーマークが空を飛んでいる。

それでも進む。他に道はなかったのだから、この道に間違いはないだろう。まだまだ進む。ガンガン進む。それでも広い通りに出ない。いい加減、不安になってきた。先へ行けば行くほど荒廃の進んだ状態になり、道幅も細くなってきた。その上なんと、降らなくていい雨まで降ってきた。ここで引き返そうと思ったのだが、Uターンどころか、スイッチバックをするスペースさえ、既になくなっていた。

（こりゃ、行けるところまで行くしかないな）

そう判断した私は、ギアを２Lに落としてゆっくりと進んだ。ところが道はますます荒れてきて、ゆっくり走っても、こゆたま号の巨体がユッサユッサと大きく揺れ、背中でギシッ、バキッ、ゴンなどという、ありとあらゆる聴きたくない音が響いている。けれど、行けるところまで行くしかない。まるで、先に行くほどに狭くなる洞窟に入りこんだ探検家のような気分だ。このままでは、ジュール・ベルヌの「地底旅行」のような冒険が始まってしまう。キノコの森や、トカゲ怪獣などが現れたら、どうしましょう。

やがて、軽自動車しか通れないほどの道幅になり、到底、こゆたま号が走れる道ではなくなった。おまけに苔むした岩まで、ゴロゴロと転がっている。

「おいっ、ここって廃道じゃんか！」

そう気づいたときにはもう遅い。ここまで、ギリギリの道幅を延々と走ってしまった。バックでも引き返すべき、という決断が遅かったのだ。いつの間にかあたりは夕暮れ。ましてうっそうと茂った木々の中だ。早く脱出しなくては、まずいことになる。

バックカメラのレンズに雨粒が付着して後方が見づらい。かといって、いちいちクルマを降りてバックに回り、折りたたみラダーを延ばしてよじ登りレンズを拭く、などという作業をする気にはなれない。運転席の窓を開け、濡れた葉っぱに顔をペシペシなでられながら、あとは勘でバックするしかない。左右に張り出したサイドミラーにも木の枝が引っかかるので、それもたたむしかない。ひえ〜、何も見えねえ。まさに勘だよりだ。

ゆっくり、ゆっくり、慎重に……。と、その時だ。〝ドン〟という衝撃と共に、〝ゴキッ〟

という いやな音がした。

「う、うそっ。今のうそだよね」

そうつぶやきつつ、半分ほど開けたドアから体をねじるようにして出る。今度は顔だけでなく、全身を濡れた葉っぱにペチョペチョなでられながら、どうにか後部にたどり着く。

「あらいよ〜！」（反射的に出た鹿児島弁＝あらま〜）

手にしたヘッドランプで傷口を見る。クルーザーにも使われる、硬いＦＲＰのバンパーがぱっくりと割れちゃってる。一般の車はへこんで衝撃を吸収するが、ＦＲＰは割れて吸収するのだ。犯人は、抹茶のような苔の衣装をまとったでかい岩。「こんちくしょう！」と岩を蹴っても、絶対に負ける。前進したときには無意識によけていたのだろうが、バックでは無理だ。

げっ、雨が強くなってきた。あたりは夕方から夜に向かっている。暗い中での行動をあきらめ、明朝、明るくなってから時間をかけて少しずつバックしようと決めた。つまり、この廃道での宿泊だ。これが登山ならビバークということになる。今、このまま行動すれば、下手をするとさっきは見過ごした窪みにでもはまって、スタックするかも知れない。そうなれば立派な（？）遭難だ。険しい山中ならともかく、高速インター近くの道でキャンピングカーが遭難、などといったら、バラエティ番組で笑いのネタにされるがオチだ。

「昨日、九州の廃道でキャンピングカーが遭難しました。乗っていたのは大の大人が一人と犬一匹。あははは」

などと、ニュースで報道されても恥ずかしい。やっぱりビバークが最善の手だろう。しかし、ビバークしようと、雨が降っていようと、こゆきの排尿作業は必須だ。

「ドアがこれしか開かないんだから、何とかうまく出ろ。待て、引っ張るんじゃない！」

既に書いたように、こゆきは雨の中での用足しをいやがる。さらにこいつは、草むらでしか用を足さない。こんな時は実に厄介だ。

体をよじって何とか外に出ると、ヘッドランプの灯りの中を銀色の雨粒が走っていた。バッと開いたワンタッチ傘に、「ビエ～」と怯えるこゆき。黒い木々の影が不気味に揺れる。木々の葉からしたたるしずくが、何とも言えぬ禍々しい気配を醸し出していた。

「おい、早くすませろ。どこでもいいから、早くしちまえ」

無理とは分かっていても、この鬼哭啾々《まこくしゅうしゅう》たる場所に長くはいたくない。自分たちを囲んでいる全てのものに、目があり口がある。そいつらがじっと私とこゆきを見下ろしている。まるで深く、巨大なすり鉢の底にいるような気がして仕方ない。

「なあ、もうしたろ？　したよな。はい、したした」

一方的にそう決め込むと、一目散にこゆたま号の中へ飛びこんだ。

明かりというのは、実にありがたいものだ。自分の手が見える、脚が見えるということはこんなにも心落ち着くものなのか。けれど、当然のようにテレビは映らない。かといって、こんな早い時刻にベッドへ直行しても眠れるわけがない。残った手段であるＤＶＤをセットし、外の世界との距離を広げようと努めた。

「ははは……」

大しておもしろくもないのに、わざと声を上げて笑ってみる。ひとしきり笑った後、かえって空しくなった。こんな旅に出るんじゃなかったと、一瞬、弱気の虫が頭の中を這いずり回った。こゆたま号に傷をつけたショックも手伝ってか、考えることみな、後ろ向きになる。そして自分以外の何かに原因を押しつけようともしていた。

こんなことになったのは、道路標識がわかりにくいからだ。ここの行政は何をやってるんだ。いや、ナビのデータが古いせいでもあるぞ。更新のお勧めの葉書をくれなかった販売店が悪いのでは……。といった具合に、何かに責任転嫁しようとしている自分に気づき、ますます自己嫌悪に陥る。

ＤＶＤも観終わり、他にすることがないので日記をつけ始めた。こゆきは何が気になるのか、肛門のあたりをさっきからなめている。人間にはとてもできない技だ。中国雑伎団でもちょっと無理だろう。もしできたとしても、そんなものは絶対に見たくない。

日記を書き終えたら、もうすることがない。とりあえず横になろうと、こゆきと一緒にベッドへもぐりこむ。顔から60センチ上は天井だ。木の葉から落下してくるしずくは、天から降り注ぐ雨の音よりはるかに大きい。ボトッボトッという乱暴なパーカッションだ。

突然こゆきがむくっと起き上がり、外に向かって壁を見つめている。そして時々、「ウーッ」とうなり声を上げたりするのだ。

「おい、脅かすな。まさか、何かいるっていうんじゃないだろうな」

念には念を入れて持参した、熊よけスプレーを手元に引き寄せる。ふと、四国で見た「熊が出ます」の立て看板を思い出した。うへえ、こんなところで客死なんていやだぁ。

そっとこゆたま号の壁に耳を当て、外の音に耳を澄ませた。１分、２分……。〝グオッ〟

と生き物の声がした。手のひらから、汗の臭いがする。そしてまた〝グオッ〟。2度目の声で音源が分かった。いつの間にか、こゆきがベッドの奥でいびきをかいているのだ。いつの間に寝たんだ、こいつは。

「ばかちん、ご主人を驚かせるんじゃない！」

ドッと疲れが出て、それから体中の力が抜けた。こんな時に酒を煽れたら、どんなにいいだろう。けれど、いつ何が起きるか分からない状態でのそれは許されない。なかなか寝つけないままに、時計の針だけが何周も回っていった。

常夜灯の赤い光が、白い天井をぼんやりと浮かび上がらせる。

（若いころの旅は違ったな。道端だろうと、山の中だろうと、平気で眠った。墓地で寝たことだってあったじゃないか。それが今はどうだ。キャンピングカーっていう、家の中にいるのにこの不安は何だ。たかがこれしきのことで、どうして眠ることができないのだ。老いるということは、何から何まで情けない……）

ふいに視線を感じて横を向くと、こゆきが目を覚まして私をじっと見ていた。よほど不安そうにしていたのだろう。近寄ってきて、私の顔をしきりになめ始めた。不安そうな主人の顔を見る方は、もっと不安なのだろうか。それとも、この私を慰めようとしているのだろうか。一瞬、こゆきの方が私よりも年上に思えたのはなぜだろう。それはいいけど、こゆきのヤツ、さっき肛門なめてなかったっけ。あわててベッドから降りて顔を洗う。

時間の流れが、やけにゆっくりだ。……時間といえば、犬の持ち時間と、人間のそれとはなぜか違っている。犬は人間の何倍も早く年を取ってしまう。いつかこゆきは私に追いつき、そして追い越してしまうだろう。短い命をただ生きる。余計なことは何も考えずに、じっと生きている。じたばた生きるのは、人間だけだ。みっともない！　あと何年か経つと、こゆきと私は同い年になるだろう。その時また、一緒に旅に出ることができるだろうか。同じ年寄り同士として、今とは違った旅ができるだろうか。……そんなことを考えていると、こゆきが愛おしくてたまらなくなった。

「その時は、こんなヘマをしないからな」

もう一度こゆきを見る。すると腹を上にして、野性味ゼロの姿でいびきをかいていた。極端に寝付きのいいこゆきとは対照的に、私はその後も寝つけずにいた。気がつくと、いつの間にかしずくのパーカッションに勢いがなくなっている。雨が小降りになってきたのだろうか。明日、うまくここから脱出できるといいのだけれど……。

そんな私でも、知らないうちに眠りに落ちていたようだ。鳥の声で目が覚めた。

「おい、こゆき。朝だぞ、朝」

この日も、私がこゆきを起こした。やっぱりヘンだわ、これって。

雨はすっかり上がっていたが、青空ではない。と、その時、それまでグースカ寝ていたこゆきが突然体を起こし、前方に向かって吠えた。（まさか熊？）そっとカーテンをめくって確かめる。すると目の前に、1台のジムニーが停まっている。そして私と目が合うと、中から二人の男性が降りてきた。

「どうしたんだい、キャンピングカーでこんな所へ入りこんで」

よかった。私は事の次第をかいつまんで説明した。

「そうかい、そりゃ災難だったなぁ。んじゃあ、おれたちでバック誘導してやっから」

「えっ、でもかなり奥ですよ、ここって」

「そりゃそうだけど、このクルマがいたんじゃ、おれたちだって先へ進めねえもの」

それもそうだ。それだけ言うと彼らはこゆたま号の後方につけ、両はじに分かれて「オーライ」と手を振った。バックカメラのレンズにも雨のしずくは既になく、二人の姿とぬかるんだ細道がはっきりと映っている。それに、あの苔むしたバカヤローな岩も。昨夜、雨と暗やみの中を無理にバックしていたら、こいつと2度目の激突をしたかもしれない。

それはともかく、これだけはっきり後方が見えれば何とかなりそうだ。

「オーライ」の声が15、16分も続いただろうか。ようやく出口が見えてきた。もう大丈夫だ。ホッと胸をなで下ろし、広い道に戻る。

「ありがとうございました。助かりました」

「なぁに。あの道路表示の立て看、わかりにくいんだよな。あったく、もっと分かりやすいように作りゃいいのによ。ほら、迂回路はあっちだ」

そう言って、二人は白い歯を見せた。ここまで延々とリードし続けてくれたのに、礼も受け取ろうとしない。

「じゃあ、道中は長いだろうから、気をつけてな。日本を一周して、これだけで済んだらもうけもんだからさ」

それだけ言うと、二人は「ホイッ、ホイッ」と声を上げながら、今来た道を走って戻った。せめて、あのジムニーを見送るぐらいのことはしよう。そのジムニーが姿を見せるまで、10分程度だっただろうか。私が頭を下げると、こゆきもおすわりをして、その姿を見送った。やれやれ、とんだ一夜を過ごしたものだ。ついていないことこの上ないが、あの二人と出会って、日本人の気質は本質的に変わってはいないと、そう思った。「日本人の人情、健在なり」といったところだ。そうだそうだ。バンパーぐらい何だ！

そもそもバンパーとは、「ここならぶつけてもいいですよ」というものであるはずだ。ところが最近の車には、このバンパーがない。日本の乗用車も、何年か前まではちゃんとバンパーがあって、車のボディをしっかりと守ってくれていた。それが、スタイリングの関係だか何だか知らないが、いつの間にかなくなってしまった。若い連中の中には、「バンパーって何ですか?」と訊く、たわけ者がいるかも知れない。

何年か前のフランス映画に、路上駐車の車の間に前後のバンパーを、ガツン、ゴチン、バコンとぶつけながら自分の車をねじこみ、めでたく駐車するシーンを見た。「ははあ、バンパーってこういうためにあるのか」と、感心した記憶があるだから、バンパーが割れたぐらい、何でもないのだ。私は乗用車バンパーの復活を強く願う！

ふうっ、少しすっきりした。さて、気を取り直して出発だ。迂回路はすぐに見つかった。結局、私の注意力が足りなかっただけなのだ。

結局この日は朝早く出発することになったので、予定よりかなり先へ進める。そこでとりあえず、「高千穂」を目指した。その日は高千穂見物はせず、大きな日帰り温泉の駐車場で泊まることにする。午後になって降り出した雨が強くなってきたからだ。おまけに風も強くなってきた。

「もしもし、そこで泊まるおつもりですか？」

温泉の従業員らしい女性が声をかけてきた。ダメか。仕方ない、場所を変えよう。ところが彼女の口から出たのは、意外な言葉だった。

「そこは少し斜めになっていますから、裏の従業員たちが停める場所の方がいいですよ」

「そこを使わせて頂けるんですか？」

「はい、どうぞ。ただし高台なので、少し風は強いかもしれませんよ」

それぐらい、どうってことはない。なにしろこっちは、魑魅魍魎《ちみもうりょう》が「あたし、きれい～」と徘徊していそうな廃道でひと晩を過ごしたばかりなのだから。その言葉があれば、移動

高千穂峡のボス猫とご対面——高千穂峡に、牢名主のような堂々たる猫がいた。威風堂々としたその佇まいに、目を合わせることができないこゆき。ほれ、ちゃんとご挨拶をせんかい！

を求められる心配もない。その日はゆったりと温泉につかり、缶ビールの栓を開けた。クーッ、たまんねえ〜！

翌日、観光地の高千穂は軽く見物して、さらに北へ向かった。「観光地」という、人口密度の高い場所は、どうにも腰が落ち着かないのだ。

私が教員の時代に、八丈島に飛行機で行く職員旅行があった。到着後は貸し切りバスに乗り、お約束の観光名所を巡るツアーだった。そんな旅がちっともおもしろくないことなど初めから分かっていたので、私は自転車を輪行袋に入れて出かけた。八丈島空港に着くやいなや自転車を組み立て始め、観光バスの後ろ姿に手を振る。

私は観光スポットには1ヶ所も行かなかった。ただ自転車で南の島の空と風と海を心ゆくまで満喫しただけである。だから満ち足りた。観光客のいないガランとした八丈島は、私の旅心をしっかりと満たしてくれたのだ。それでも夜の宴会にはしっかりと合流し、大いに羽目を外した。そして翌日はまた自転車で別行動を取り、八丈富士という独立峰にその自転車を担いで登った。走れる箇所などまるでない。

なぜ自転車を担いで登るのか、どうしても理解できないと、上司や同僚たちは言った。正直なところ、私にも分からない。だが、一度「そうしよう」と思ってしまったらもうアウトなのである。そんな自分流の旅を楽しんでいたら、帰りの飛行機に乗り遅れた。空港ロビーのボードに書かれた「先に行く」の伝言がさみしくもあり、せつなくもあり。それでも友だちというのはありがたいもので、二人の同僚がその飛行機に乗らず、私の到着を待っていてくれたのである。その夜は、当日予約の宿で心から楽しい酒を飲んだ3人だった。

今思うに、これは旅好きでも何でもなく、ただの集団の輪を乱す困った職員である。私がこの時の校長だったら、絶対に説教の雨あられを喰らわせているだろう。

話が昔話になってしまった。元に戻そう。

高千穂を出ると、今度は「阿蘇」に向かった。ここも「観光地」ではあるが、一応、山男でもあるので、素通りするのは何だかもったいなく思えたからだ。標高が高くなるにつれ、どんどん外気温が下がる。パノラマラインから中岳の駐車場に着くころには、強い風もあって体感温度は氷点下である。

「おい、こゆき。記念写真を撮るぞ。風が強いんだから、早く、早く。寒い～！」

と三脚を立て、セルフタイマーで写真を撮る。しかし、何度やってもいい写真が撮れない。こうなる予感はあった。旅の中で気がついたことだが、写真を撮るために犬を急がせたり、ポーズを撮らせようとしても、絶対にいい写真は撮れない。犬と人間がいつもの表情と態度で接した時だけ、犬は自然な表情と姿を見せる。しかし風が強く、いつ三脚が倒れるか分からないこの状況下では、分かっていてもつい急がせてしまう。無意識にリードを強く引いたりもしてしまう。だからここでは、いいと思える写真が一枚も撮れなかった。まっ青な空をキャンバスにしたまっ白な噴煙が、絶妙のコントラストを見せる。落ち着いた、なだらかな稜線の山も好きだが、火山の持つ荒々しさも私は好きだ。

栃木県の那須にある茶臼岳《ちゃうす》によく登る。豪快に噴煙を上げるダイナミックな姿。そしてそこから朝日岳、三本槍《さんぼんやり》岳と、それぞれに違った表情を持つ山を縦走するコースが好きなのだ。その荒々しい阿蘇の中《なか》岳から一転、たおやかなラインと開放感が魅力の「草千里《くさせんり》ヶ《が》浜《はま》」へと移動する。名うての景勝地だけあって、ここは大混雑だ。烏帽子《えぼし》岳のゆるやかな稜線をバックに広がる草原と池。けれど道を一本隔てると、そこには押すな押すなの人の波。レストハウスが軒を連ね、大型の観光バスが何台も並んだ観光地である。410円也の駐車料金を支払い、レストハウスやみやげ物店などをのぞいて回る。こゆきは、こゆたま号で留守番だ。

ひと通り見て回った後、こゆたま号にもどろう……とすると、何ごとだ。7、8人の集団がこゆたま号を取り巻き、しきりに運転席をのぞきこんでいる。

「なんだ、なんだ、なんだぁ！」

私はこゆたま号に向かって走った。

「なんですか？　これは私のクルマです」

しかし、返ってきた答えは「○△×※□◎」。どう聞いてもハングルだ。私に分かるわけがない。それなのに彼等は、一方的にハングル攻撃を仕掛けてくる。中にいるこゆきを指差し、口角泡を飛ばしてしゃべりまくる。何か、強談判でもしようというのだろうか。けれど笑っている者もいるので、どうやら敵意はないらしい。仕方がないので、脳みその中から無理やり中学生レベルの英会話を引っ張り出して対抗するが、それに対してもハングルで応酬してくる。おそらく、「かわいい犬ですね」とか「うらやましいですね」とか「飼い主は立派な人だ」とか、そういうことを言っているのだと思うが、確実ではない。こんなに大勢で日本へ来ているのに、だれか一人くらい日本語の話せる者はいないのか。せめて英語ぐらい話せよ。こゆきだって、きょとんとしているじゃないか。

万策尽きた私は、知っている唯一のハングル語でこの修羅場をくぐり抜けることにした。

「アンニョンハセヨ」

彼らもこれには大きくうなずきながら、「アンニョンハセヨ」と答えた。おおっ、私のハングル語が通じた。しかしそこまでである。またも、わけのわからないハングルの雨が、傘も持たない私の全身に降り注ぐ。こうなったらもう、やけである。笑顔を向けながら、また時にはムッとしながら、「アンニョンハセヨ」を連発してドアを開ける。するとどうだろう。中の一人がそのドアを手で押さえて、さらにハングル攻撃をしかけて来るではないか。いい加減、頭に来た。私はその手を力いっぱい払いのけ、声を荒げて言った。

「アンニョンハセヨ！」

そして思い切りドアを閉め、こゆたま号を指導させる。サイドミラーの中で、彼らはまだ何か、しきりに騒いでいた。

坂道を下っていても、何となく胸くそが悪い。おそらくツアーだろうが、ガイドはどこへ行っていたのだ。まさか添乗員なら日本語が分からないはずはないだろう。それにしても、彼らはいったい何を言いたかったのだろう。今となっては、永遠の謎である。

単調な道を、単調なペースで走る。

「なあ、こゆき。あのハングル軍団にはまいったよな。おまえに何を言って来たんだ？まさか、この犬もわが国のものだ、なんて言って来たんじゃないだろうな。なぁに心配するな。おまえのことは、オレが護ってやるよ。いい子いい子」

などと、一人会話を続ける。これは、眠気防止の一手段なのだ。その他には、歌を大声で歌うとか、ボイスレコーダーに向かって実況中継をするとか、いくつかのスキルがある。今は、オーディオから流れてくる歌に合わせて、自分の歌唱力に酔いしれている。その歌は、私の好きな「能古島《のこのしま》の片思い」。井上陽水の歌だ。

能古島……。そういえば、ここから能古島は遠くないぞ。コースを変えて、少し距離を延ばせば行けないこともない。

玉名《たまな》ＰＡで休憩を兼ねて、地図を引っ張り出す。

「よしっ、決めた。今日は能古島へ行こう！」

井上陽水の歌も好きだが、作家の檀一雄《だんかずお》が晩年を過ごした島でもある。以前から一度、行ってみたかった場所なのだ。それにしても、どうしてこうもあっさり予定を変更してしまうのだろう。考え方に柔軟性がある。決断力に富んでいる。と、言えないこともない。反面、場当たり的。移り気とも言える。

しかし、しかしですよ。これは、キャンピングカーの大きな魅力の一つでもある。つまり「宿の予約が要らない」のだ。これは旅をする上での大きなアドバンテージと言えるだろう。これが通常の旅行であれば、「行き先を決める→宿の予約をする→食事のコースを決める→人数を報告する→およその到着時刻を決めておく」などといった、非常に面倒臭い縛りを覚悟せねばならない。これは辛い。辛すぎる。それに比べてキャンピングカーの自由度は、圧倒的に高い。

その自由度をフル活用し、能古島を目の前にした糸島半島《いとしま》で一泊する。その次の日が、九州最後の日となった。糸島半島を後にし、博多市街を抜けて一気に関門橋を渡る。

しばらく走ると、やがて「仙崎《せんざき》」に着く。ここは言わずと知れた、「金子みすゞ」の誕生地であり、少女期を過ごした町である。私も一応国文学を専攻したので、日本一周の中に1箇所くらいは文学に関わりのある土地を含めておこうという、軽い気持ちで訪れた。「金子みすゞ記念館」に行ってみようとしたのだが、直近の道が細くて入れない。そこであっさりあきらめ、先へ進む。その程度の文学魂である。

右手に山陰本線の線路、左手に日本海という、演歌を地でいくような国道を走っていくと、こんなことを考える。「日本海の海の色は、どうして他の海とは違った色をしているのだろう」。群青色よりは紺に近い。紺よりは藍色に近い。うまく形容できない、深い色をした海である。その日本海に白波が立つ。海鳥が飛んで風が吹き、遠くにかすむ灯台が薄墨色の空を背景にぼんやりに浮かぶ。沖に浮かぶはイカ釣り船か。北へ向かう列車が私を追い越していく……。などとくれば、これはもう、おっさんたちの涙を誘う、ド演歌の世界そのものである。いや、決して揶揄しているのではない。これは私の好きな世界のひとつでもあるのだ。南国に住む人には申し訳ないが、日本の歌に似合うのは、どうしても〝北へ向かう旅〟になってしまう。それも私の知っている限り、その歌のほとんどが哀愁を帯びた歌詞である。心晴れ晴れ気分爽快で北へ向かう歌など、あまり聞いたことがない。「憧れのハワイ航路」はよくても、「心ウキウキ礼文島」は、様にならないのだ。

今回持参したＣＤも「南下用」と「北上用」とに分かれている。南下用のＣＤは「サザンオールスターズ」「大瀧詠一」「竹内まりや」といったアーティストたち。北上用は、「森昌子」「藤圭子」「八代亜紀」「森進一」といった歌手たちのＣＤである。その合間合間に、生意気にも「ベン・Ｅ・キング」「レイ・チャールズ」「ルイ・アームストロング」あたりを挟み込む。山陰あたりでは、どのＣＤにするか微妙だな、などと、つまらんことを考えているうちに、こゆたま号は島根県に入り、浜田市の一歩手前まで来ていた。あまりに快適な道だったため、グングン距離を稼いだ。もうとっくに昼時を過ぎている。どうりで腹の虫がうるさいわけだ。

と、ここでメールが届いた。妻からだ。

【そろそろ洗濯ものがたまったでしょう。それに、わたしの顔も見たくなったころだと思います。だから12日に長岡に行きます。〝アクアーレ長岡〟で会いましょう。では。】

何だこれは！　打診ではない。通告だ。そういえば12日は出発してから15日目。日程的にはちょうど中間地点に当たる。出発前に笑って言っていたアレって、これだったのか！

「やられた」と思いながらも反論する気にもなれず、むしろ12日に〝アクアーレ長岡〟に着くには……、と無意識に逆算している自分に苦笑した。〝アクアーレ長岡〟というのは、過去に妻と何度か宿泊した（と言っても駐車場に）「健康増進施設」である。小綺麗で風呂がよく、食事もうまい。また広大な駐車場があるので、車中泊しても誰にも迷惑をかけることがない、お気に入りの場所なのだ。単調になりがちな旅の中に、ひとつアクセントができた。少し、先を急ぐか。わくわく。

「ゆうひパーク三隅《みすみ》」という道の駅で、昼食を摂ることにした。こゆたま号を降りると、すぐ近くに汚れの目立つ一台のキャンピングカーが停まっていた。釧路ナンバーである。

遠くから来たんだな、と思っていると、中から年配の……というより、かなり高齢と思われる女性が降りてきた。

「こんにちは。けっこう寒いですね」

挨拶を交わす。話を聞けば、78歳と75歳のシニアキャンパーだという。その年齢になっても、夫婦で気ままな旅を楽しめるのがオートキャンプだ。私もあとざっと20年は、元気なオートキャンパーでいたいものだと思う。

ここで簡単な昼食を摂り、再び出発。走り出して間もない「浜田」付近で、大きな疲労感を覚えた。この日は長距離を走ったわけではない。神経を使うような峠道を走ったわけでもない。なのにこのズンとくる重苦しい疲れはいったい何だ。疲れが出始めたかな？

「ここいらで泊まるか」

左手に漁港が見えた。ハンドルを左に切り、急な坂道を下っていく。「浜田漁港」と表示があった。港に降りてみると、ずらりと並んだ漁船の奥に、車中泊のできそうなスペースがある。こゆたま号を降りて、近くにいた漁業関係者ふうの男性に声をかけてみた。

「キャンピングカーで来ているんですけど、このあたりに泊まっても大丈夫でしょうかね」

「ああ、平気だよ。時々、車で泊まっている人いるもの。だけど……」

そこまで言って、漁船の方に視線を送る。

「朝はみんな早えよ。なんせ漁師たちだかんな」

幻想的な漁港での一夜——朝が早い漁港では熟睡できなかったが、出漁の幻想的な美しさを見ることが出来た。漁師たちがこじ開ける朝の扉の向こうには、私の知らないエネルギーがあった。

それは覚悟の上だ。私は礼を言って、漁船から最も離れたスペースにこゆたま号を停めた。ここなら邪魔にならないし、早朝の喧噪もそう気にならないだろう。その代わり、この日は早く就寝することにした。朝がどれだけ早いか知らないが、早く寝てしまえば問題はない。食事を済ませてこゆきを見ると、なにやらクチャクチャ食っとる。

「あっ、またティッシュ食ってる。どこから出してきたんだよ」

そのクチャクチャペチョペチョになったティッシュを取り上げると、今度は私のズボンのポケットに鼻を突っこんでくる。くそうっ、ここから取ったのかぁ。

こゆきは、私がよくズボンのポケットに、おやつを忍ばせているのを覚えている。というよりも、ズボンのポケットに入っているものは、おやつだと思っているようだ。

「ないよ。はい、もうおしまい」

そうきっぱり宣言して、こゆきと一緒に早々とベッドに潜り込む。しかし眠れない。年を取ると、生活リズムにも柔軟性がなくなってくるのだろうか。若いころは、「明日は早いから早く寝ておこう」とか、「寝る時間があまりないから、今日は夜明かしだ。その分、明日たっぷり寝よう」などと、自分のリズムを自由自在にコントロールすることができた。それが次第に、できなくなってくる。ベッドに入る時刻がいつもよりずっと早いので、ちっとも眠くならない。早く眠ろうとしたことでかえって目が冴えてしまい、いつもの就寝時刻になっても眠れずにいた。逆効果だったわけだ。

「年を取るって、こういうことだ」

半ば開き直りでベッドから起き上がる。そしてこゆたま号から外に出てみた。静かな港だ。淡い火影に漁船が浮かび上がり、時折ギシッと音を立てる。時計を見ると、午前零時を少し回ったところ。この時刻の漁港って、どこもこんなに静まりかえっているものなのだろうか。水面を渡ってくる風が、ひんやりと冷たい。こんな時には八代亜紀のＢＧＭが欲しくなる。

ふと、茨城の漁港で野宿したことのある、学生時代の自分を思い出した。金もないのに、自転車の旅だけは、よくやったものだ。金がない。そう、当時の私は、とにもかくにも糊口をしのぐ生活で、住まいも北区にある町工場の屋根裏部屋だった。「屋根裏部屋」などというものは、外国のおとぎ話に出てくるだけのものと思っていたのに、それが実在し、そこに住むようになるとは思わなかった。大学の賃貸紹介の片隅に案内があり、その中の一番安い家賃の物件がそこだった。たしか月額３０００円だったような気がする。その近くに公園があり、そこに小さな池があった。アルバイトの帰り、その池の畔で池に映る外灯の光を見つめながら、ジャムパンをかじっていた記憶がある。

人間の記憶というものは、印象の強い出来事から順に再生されるわけではない。どうでもいいような記憶が、何のきっかけもなしにフッと思い出されることがある。その出現のパターンは、奇想天外この上ない展開をする「夢」と大差ない。こゆきの散歩をしていて、いきなり買い物途中で転んだ幼稚園時代の姿を思い出したり、飲み過ぎて千鳥足で道を歩いている時に、ふと昔見た「てなもんや三度笠」の一場面が浮かんできたり。目茶苦茶である。本当にそんなことがあったにかどうかさえ、疑わしいときもある。今、こゆきと続けているこの旅も、やがて「本当にそんなことやったのか?」と、忘却の彼方へ投げ捨てられてしまうかもしれない。仮にそこまでいかなくても、記憶は歪曲され、美化されて、現実とは違った姿でその断片が残っていくだけかもしれない。

そんなことを思いながら、もう少しこの静かな時間の中にいたかったが、旅の途中で体調を崩すわけにはいかない。しかたなく車内に戻る。のんきにいびきをかいているこゆきの隣で横になり、地図帳を眺めているうちに、少しウトウトしたらしい。しかし、その浅い眠りはすぐに破られた。話し声と笑い声。いくつもの足音と何かを引きずる音。

「これか、あの人が言ってたのは」

もう一度時計を見る。午前2時半あたりだ。まだ1時間ほどしか眠っていない。いくら早いとはいっても、ここまでとは思わなかった。その後も続々と人は集まってくる。そして出航の準備が威勢よく始まった。威勢よく……。そう、まさに威勢よく、だ。みんなの声がまたデカイこと。少しぐらい駐車スペースを奥にしたからといっても、ほぼ意味がない。私はもう眠るのをあきらめて、こゆたま号の窓越しに出航の作業を眺めていた。こんな光景を目の前で見られるのも、キャンピングカーの旅ならではである。

やがて1隻、また1隻と出港してゆく漁船。他の漁港からも出港しているのだろうか。遠ざかるほどに漁火の数が増えていく。その漁火が陽炎のようにゆらめく様子を見ているうちに、東雲の黒が青く変わっていった。夜明けだ。

「おい、こゆき。起きろよ。朝だぞ、朝！」

ゆすっても、寝ぼけ眼で舌をペチョペチョと鳴らすだけ。すぐにまた、掛け蒲団に突っ伏す。犬たるもの、果たしてこれでいいのだろうか。

空が今度は青から赤に変わってきた。この日はどうやら、晴れのようだ。明け方の漁港に立つ。ほとんど眠っていないが、気分は爽快だ。大きく背伸びをする。

「今日は、早出をするか」

午前7時前という早朝にスタートしたのは、この旅での新記録だった。

4．本州再突入【メジャーということ】

浜田を出発して、まずは「出雲大社」を目指す。出雲大社は、言わずと知れた古代の入口。巨大な鳥居や拝殿、そこに架けられた迫力の大注連縄などをまっ先に思いうかべる人は多いだろう。などと偉そうに書いている私だが、実はこれが初めての訪問だ。

大鳥居手前の、「大社ご縁広場」にこゆたま号を停める。朝が早かっただけに到着も早い。土産物屋も食堂も、もちろん準備中だ。横になったら、少しウトウトとした。なのに、こゆきが用もなく私の顔をなめるので、すぐに目が覚める。

「おまえさぁ、自分はしっかり寝坊してるんだから、『ご主人様もごゆっくりお休みください』ぐらいの心遣いがあってもいいだろう。いいか、もう起こすな！」

この〝忠告〟が効いたのか、ここで一時間ほど眠ることができた。その後はこゆきに留守番を言いつけて、出雲大社詣でに出発。

コンクリート造りの大鳥居から先は、土産物屋や食堂などが軒を連ねる。しかしまだどこも準備中なので、大社の境内に直行する。鳥居、注連縄、本殿と、さすがに見事だ。境内を横切る小さな川があった。その川岸に咲いた満開の桜の花びらが細い川面をピンクに変えていた。花筏《はないかだ》だ。たまゆらのいのちをそっと受け止める水面。そのたおやかな風景。この典型的とも言える楚々とした日本の美。何だかとってもカンドーするなぁ。

一の鳥居のあたりで、私は思わず立ち止まった。大きな2頭のラブラドールがそこにいた。しかし2頭ともかなりの高齢なようで、1頭は大きなキャリーワゴンに乗せられ、もう1頭は自力とはいえ、太いリードにつながれてとてもつらそうに歩いていた。何のために？　出雲大社だけに、死期の近そうな自分のペットとのご縁が続きますように、とでも願ってのことだろうか。果たしてあの犬たちは、自分で動かすこともままならない体で人混みの中にいて、幸せなのだろうか。飼い主の幸せと愛犬の幸せは、どこまで接近することができるのだろうか。いずれはこゆきも、あの犬たちのように、足腰が立たなくなることだろう。そうなったとき、どうしてやることが、こゆきの幸せにつながるのだろうか。

そんなことを考えていたら、留守番をしているこゆきの顔が浮かんできた。自然と足が速くなる。「出雲そば」の暖簾にもそそられたが、クルマに戻る方が先だと先を急ぐ。

こゆたま号の姿が見えたとき、足に異常な疲労感を覚えた。きっと2週間に渡る運動不足で、足がなまっているのだ。ああ、情けない。たったの2週間で……。でもまあ、61歳といったら、こんなものだろう。61歳……。そう、私はまた一つ歳を重ねた。若いころだったら、こんな疲労感は絶対にない。10往復しても、心地よい汗が滲むだけだろう。けれど、花筏に心奪われることなく、また2頭の犬を見ても、何も感じずに通りを駆け抜けただけかも知れない。果たしてどちらがいいのやら……。

こゆたま号に戻ると、こゆきはやっぱりグースカ寝ていた。

「おい、オレはおまえが心配で出雲そばも食わずに帰ってきたんだぞ。ありがとうございますぐらい言えないのか！」

言えないだろうな、とは思いつつ、ドッと脱力。叩き起こして外の空気を吸わせてやろう。「大社ご縁広場」の駐車場は広い。私はこゆきを散歩させ、近くの水道で顔を洗った。と、通りかかる人がこゆきを見て、みんな笑顔になる。人間にこんな力はない。

「何歳ですか?」「女の子ですか?」と、定型文で近づいてくるおばちゃん3人組がいた。

ここで逃げ腰にならなくなったのが、旅に出てからの大きな変化であり、成長だ。

彼女たちは、散々「おすわり」や「お手」をさせると、「いい子だね～」と言っただけで立ち去った。それをぼう然と見送るこゆき。たいていはそれをすると何かおやつをもらえるのである。

犬を散歩させている人間はみんないい人に見えるようで、日常でも知らない人から道でよく声をかけられる。しかし、どうやら飼い主と犬とがセットで記憶されるらしい。わが家の近所にしばしば道で行き会い、私と立ち話をする中年女性がいる。あちらも同じ柴犬を連れているのだが、ある時、スーパーの店内で彼女と偶然に出会った。しかし、互いにチラ見をして、軽く首をひねるだけ。

「どこかで見た人だな」

私は必死に思い出そうとするが、ダメである。それが数日後、またも犬の散歩で行き会うと、「どうも～」と、知己の間柄のように会話を交わす。

「この前、どこかで会いませんでした?」

その答えが数秒後に出る。

「ああ、そういえばスーパーで。いやだあ」

とまあ、こんな調子。互いに人間よりも犬の印象の方が強いってわけだ。さて、駐車場の散歩に戻ろう。

「ほれ、こゆき。裏の方へ行ってみるか」

視線を落とすと、こゆきがじっとアスファルトの地面を見つめている。九州の温泉で、白い壁をじっと見つめていたのと同じ行動だ。何をやっているのだろうと様子を見ていたが、1分だっても2分経ってもそのままじっと固まっている。思い詰めたようなその姿は、どこか哲学の香りがした。……というのはひどい買いかぶり。こゆきはじっと、地面の蟻を見ていたのだ。こゆきは、小さな虫に興味があるらしく、カマキリをライバル視している。前にも書いたが、ひどく臆病なこゆきは、猫よりも小さなペット犬にも怯えて逃げの体勢を取る。そのこゆきが対等に戦える最強の相手が、カマキリなのだ。庭にカマキリを見つけると、まるでトラと対峙するような勇ましい姿勢を取り、激闘に備えるのだ。はっきり言って私は悲しい。犬のガイドブックに書いてある「勇敢な犬種」という説明書きが空しくなってくる。昨年のことである。娘が庭で大声を上げていた。

「おとうさん、こゆきに新しいライバルができたみたいだよ〜」

現場に行ってみると、相手はダンゴムシ。前足でチョイチョイと転がし、ウーッとうなってみせるのだ。それでいいのか、こゆき！

ただ、もっとずっと大きなライバルもいる。それは掃除機だ。妻が掃除を始めると、幼犬のころは怖がっていたのだが、相手がかみつかないとわかると、今度は威嚇の体勢を取るようになった。次なるライバルがいったい何になるのか、実に楽しみである。

出雲大社を出ると、ほどなく左手に宍道湖を見て走る。「日本一夕日がきれい」と言われる宍道湖を日の高いうちに眺めて走るのは残念だが仕方ない。私は以前から、なぜか「湖」が好きである。それも、山懐に抱かれたひっそりとした湖が。海の雄大さもいいが、静かなさざ波が寄せるような湖がやはり好きなのだ。それが高じてか、息子の名前が「湖」。

どーでもいいことですけどね。

次は「はわい」に行って休憩をとる。飲み会の時に、「オレ、この前ちょっと『はわい』に行って来ちゃってさあ」と真顔で言うためにわざわざここに立ち寄ったのだ。その後、日が西に傾き始めた鳥取砂丘で休憩し、その日は大きな漬け物工場の駐車場で一泊した。


翌日は左手に若狭湾を見ながら、気分良く北上する。美しい海岸線と海の色だ。山陰本線、北近畿タンゴ鉄道と並行する国道は、実に気分がいい。だから休憩も取らずに、どんどん先へ進んでしまう。当初の予定では「河野」という道の駅に泊まるはずだった。ここは日本海を一望できる、隠れた夕日の名所だ。けれど、思ったよりもずっと早く到着してしまった。「12日にアクアーレ長岡」という動かせないスケジュールが入ってきたため、できるだけ先に進んでおきたいところだ。

能登半島に差しかかったところに、こんな交通標語の立て看板が立っていた。

【注意！　美人がいます】

どこにいるのだろうかとキョロキョロしてみたが、残念ながら一人も該当者はいない。それにしても、この看板はかえって事故を招くのではないだろうか。こんなものを見たら、思わず「美人はどこだ」と、キョロキョロしてしまうだろうが！

そういえばいっとき、この交通標語に興味を持ったことがある。家の近所を走っていて、

「自転車を　乗ればあなたも　運転手」という標語を見たとき、つい「自転車に、だろうが、に！」と、突っ込みを入れたくなった。それをきっかけに、「交通安全標語集」なる記事を探してみたのだ。あるある。やっぱり気になる標語がいくつもあった。例えば、

【とびだすな　しんだらおしまい　けっこんできない】
既婚者は、どうするのだ。
【お父さん　マザーじゃないよ　マナーだよ】
マザーだって大切にしなくてはいけないだろう。
【おみやげは　無事故でいいの　おとうさん】
これを真に受けて、何も買っていかなかったら、きっと文句を言われます。
【スピード違反　罰金10万円　ポーク卵定食６５０円】
10万円あったら、あのおいしいポーク卵定食が何杯も食べられますよという誘惑か。
【あなたなら　必ずできます　安全運転】
この性善説は、ひねくれ者が見たら、かえって暴走するかも。
【たぬきさん、車がくるよ！】
ふうん、五七五でなくてもいいのか。それにしても、標語の読めるたぬきって……。
【あせりは禁物　あさりは海産物】

言われなくても分かっている。

とまあ、こんな感じだ。

今日は10日。ここまで走ったおかげで、明日はゆっくり能登半島の周遊ができる。11日は宇奈月あたりで泊まれば、12日にアクアーレ長岡、は楽勝だろう。

翌日は、曇り空の下で出発だ。とりあえず奥能登まで行って、それからゆっくり戻ってこよう。先に進めば進むほど、ひっそりとした里山の風景が広がってくる。通る車もほとんどなく、歩く人もいない。広大な海ばかり見て走ってきたが、こうした閑寂な世界も、愛すべき日本の風景の一つだろう。しめやかに降る雨が、その感を一層強くさせていた。道路は薄い銀紙を敷き詰めたように鈍く光り、後方に2本の轍を残していく。〝周遊〟などと軽く考えていたのだが、奥能登までは思いの外、距離がある。あまり、のんびりゆっくりという感じでもなくなってきた。

それから小一時間走って、以前から来てみたかった「見附島《みつけじま》（軍艦島とも呼ばれる）」に来た。能登半島といえばパンフレットなどに必ず登場するのが、この見附島である。なのにここにも人はほとんどいない。このメジャーな風景を独り占めにしていることに、どうも実感がわかないのだ。

「この見附島って、本物なんだろうか？　うそでしょ！」

などと本気で思ってしまう。この人の少なさに感動しつつ、続いて能登島へ向かう。雲の切れ間から日が差し込み、青い空が顔をのぞかせた。途中で「ここが最後のスタンド」という看板のガソリンスタンドがあり、私ははたと首を傾げた。何が最後なのだろう。山に登る道の途中とか、行き止まりの道の手前とかなら分かるのだが、能登はぐるりと一周できるはず。はてさて、不思議な看板だ。

能登島へ渡っても、ほとんど人の気配がない。海も空もこんなにきれいだというのに、もったいない話だ。坂の途中でこゆたま号を停め、その海の青さに見入ってしまった。

車ならこうしてパーキングブレーキを引いて坂道に停まることができる。しかし人間にはこのパーキングブレーキが備わっていない。力を抜けばたちまち坂道を下り始める。そうならないためには、アクセルを踏んで坂を上っていくしかない。人間って、前に向かって生きていくしかないようにできているのだな、などとかっこいいことを考えてしまった。

能登島を離れると、道が突然、峠道に誘導された。九州でのことがあるので不安に思っているうちに、道はますます細く、急な上り勾配になってくる。どうにか「荒山峠《あらやまとうげ》」と書かれたピークを過ぎると、今度は急な下り坂だ。Lレンジで下らなくてはならないほどの急坂だった。しかし下り終わると、目の前には富山湾の青が一気に飛びこんでくる。この景色の急変といったら、ホラー映画の主人公がゾンビに追われてドアを開けたら、そこにフラダンスの女性たちが満面の笑顔で踊っていた、というくらいの変化である。

見附島を独占——この名高い観光地に、私とこゆきだけしかいないという不思議。私をじっと見上げているこゆきがいじらしい……って、おやつが欲しかっただけかも。

そこからしばらく走ると、「氷見《ひみ》」という道の駅がある。ここは、「道の駅」というよりも、一大モールのような施設である。温泉はもとより、32もの専門店が軒を連ねる「ひみ番屋街」。回転寿司や魚市場、おまけに足湯まであるという、既存の道の駅から見れば、まさに規格外なのだ。

ここで、女性二人旅のキャンピングカーと出会った。ナンパと間違えられてはいやなので声はかけなかったが、会釈とほほえみ返しだけはしっかりした。決して多くはないが、このような女性キャンパーもちゃんといるのだ。もっと逞しい女性を紹介しましょうか。S・Kさんという女性は、仲間とワイワイアメリカ大陸横断をしているし、T・Yさんという女性は、たった一人で世界一周をしている。もちろん、キャンピングカーでね。まあ、それだけキャンピングカーの旅が、安心・安全ということになるのだ。

さて、女性キャンパーの話は置いといて……。

「おおっ、いいねえ」

と、私が心惹かれたのはその道の駅ではなく、道路をはさんだ反対側にあった駐車スペースである。富山湾が目の前に広がり、遠くに立山連峰を望むという、その立地の素晴らしさだ。さらに広い芝生が広がっているので、こゆきにとっても嬉しい広場だろう。さらに見上げれば、青い空にオレンジ色の夕焼けが割りこんで、そのグラデーションの美しいことといったらない。メジャー以上のマイナーがここにある。

「決めた。今日はここに泊まる！」

宿泊地が決まると、本当にホッとする。今回の旅で常に頭にあるのが、この宿泊地決定である。観光地巡りでも、温泉巡りでも、グルメ旅でもない。「今日はどこに泊まるか」。このことに最も神経を使った。まあ、それが風来坊旅の楽しみでもあるのだが。

「野田って、千葉県の？」

シルバーのステーションワゴンに乗った男性が声をかけてきた。やっと野田を知っている人が現れたか。私とほぼ同年代と思われる。

「そうですよ。おっ、八王子からですか。今日はここに泊まり？　私もです。よろしく」

と、挨拶を交わす。風呂はどうしようかと思ったが、汗をかいたわけでもないし、別に毎日入らなくてもいい。入浴代だってバカにならないし。

「ずっとこれで旅をしているんですか？」

「そう。一気に回るわけじゃないけどね。キャンピングカーより気楽に乗れていいよ」

そう言って笑う。その場でしばし、オートキャンプ談義が続く。

「風が冷たくなってきたねぇ。食事はどうするの？」

「中で何か作ろうと思って」

「そんな。せっかく富山へ来ているんでしょ？　富山の寿司はうまいって言うよ。どう？そこの回転寿司、一緒に行かない？」

ということで、私はそのＳ氏と一緒に、うまいと評判だという回転寿司屋に向かった。

「うん、さすがに富山の寿司はうまい。ねえ、うまいでしょ？　うまいだろ！」

うまい、と言わざるを得ない流れだ。

「キャンピングカーじゃ、小回りがきかないでしょ。行く場所が制限されるねぇ」

「いや、小回りはききますよ。ただ、幅と高さがネックですね」

「やっぱりね、車の旅はステーションワゴンに限るよ。キャンピングカーじゃ、キャンプしてるって気にならないんじゃない？」

どうあっても、普通車での旅の方がいいと言いたいらしい。

「そんなことないって。キャンピングカーにはね……」

私もいつの間にか、いわゆるタメぐちになっていた。

「キャンピングカーならではの楽しみ方があるんだよね。オレも以前はずっと、普通車で旅をしていたよ。それはそれで楽しいし、どっちがどっちということじゃないね」

ビールが進むごとに、「ぼく」が「オレ」になっていく。

「まあね。……でもおれは、車の中でポチッと明かりをともして、飯を食ったり、ビールをのんだりするのが好きだな。行ってみりゃ、鉄製のテントっていう感じかな」

普通車で車旅をすることにかけては、どうも一家言ありそうな御仁である。

「ただし、普通車で車中泊してると、夜中に警官が来て窓を叩くことがあるんだ。心中でもしてないかって確かめるらしいんだけど、夜中に起こされて迷惑もいいところだよ」

訥弁《とつべん》だが、心底楽しそうな顔で語り続けるS氏である。

この後、私たちは互いの旅の足跡を紹介し合い、「行くべきところ」「お薦めの車中泊場所」などについて、延々と楽しく語り合った。

1時間半ほどそんな話をしただろうか。S氏は、眠くなったからもう寝る、と言った。乗用車で旅をすると、暗くなったらもうあまりすることがない。だから、さっさと寝てしまう習慣が染みついているそうだ。

私たちはそれぞれのクルマへ戻り、それぞれの過ごし方をして夜が更けた。

午後10時を回ったころ、クルマの外に出てみた。まっ暗な富山湾の向こうに見える明りは、魚津市街か黒部の町か。トプンと小さな音を立てて打ち寄せる波しぶきが、外灯の光に白く浮かび上がって見える。遠くの漁り火が、陽炎のようにゆらゆらと頼りなく揺れ、今にも消えてしまいそうだ。

堤防に腰を下ろし、しばらく風に吹かれていた。ここでこうしていても、日本を一周しているという実感はない。日本一周……。本当は、何のためにこんなことをしているんだろう。今のうちにやっておかなくては、という焦り？　自分の人生に句読点をつけるという自己満足？　それってどっちも逃げじゃないか。これ以上歳を取ったらもうできないかもしれない、というある意味での自己否定だ。それに比べて、S氏は私よりも年上だが、実に楽しそうだ。心の底から旅を楽しんでいる。逃げや自己否定のカケラもない。少なくともそう見える。彼は自分が好きなのだ。だから人生を、あんなに楽しんでいる。私はどうだろう。果たして自分のことが好きと言えるだろうか。既に61年という歳を積み重ねた。だから何だ。いつだって数字に負けて、〝潮時〟を考えているのだ。こんなふうに、今回の旅を客観的に見つめた時、フッとこの旅の目的を垣間見たような気がした。

（もしかすると、この旅をやり終えたら、少しは自分のことが好きになれるんじゃないだろうか。自分のことを好きになれたら、あの人のように、年齢なんて無関係に生きることを楽しめるんだろうか）

こゆきという愛すべきパートナーがいて、一緒に自分の生まれた国をひと巡りしているのだ。こんなに楽しい旅はないはずだ。それなのに私は、それを充分に楽しもうとはしていない。なんというもったいないことをしているのだ。

冷たい風が吹きつけてきた。寒い。パーカーのフードをかぶってもまだ寒い。風邪でも引いたらえらいことになる。小走りにクルマへ戻ると、こゆきが眠そうな目をこちらに向けていた。

翌朝、S氏はクルマを磨いていた。

「あざーっす。今日はどこまで?」

昨日話したことを忘れているようだ。けっこう呑んだから、しかたないかな。

「長岡まで行く予定です。本当は昨日、宇奈月まで行く予定だったんだけど、ここで泊まっちゃったから、ちょっと早立ちしないとね」

距離にして、80キロメートルほどは手前で宿泊してしまった。それだけここが心地よかったのだから、それは後悔していないが。ゆるり旅のS氏は言う。

「おれは、朝飯を食って、もう少し寝てから出発かな。面倒くさかったらここで連泊だ」

実に自由な旅だ。旅の楽しさって、そうでなくちゃいけない。「1ヶ月で日本一周」などとあまり根拠のない縛りを作ってしまったことに、無念さを覚える。さらに、いくつかの出版社に「1ヶ月後には戻る」と伝えてしまったことも失敗だったかな。

「じゃあ、またどこかで会いましょう」

それだけを言い残して、こゆたま号のアクセルを踏んだ。ちなみにS氏とは、その後も交流がある。

とにかくこの日は、何が何でも〝アクアーレ長岡〟に到着しなくてはならない。

「まったく、わざわざ来なくてもいいのによぅ」

とつぶやきながらも鼻歌を歌っている自分に気づき、少々面映ゆい気分になった。

できれば自分の方が先に着いていたいと思い、国道8号線をひた走る。「富山にいるうちに」と、マス寿司の弁当を買いこみ、あとは走る走る。

休憩中にマス寿司を食べたが、あとはほぼ走り続けた。そして、「国営越後丘陵公園」に隣接するアクアーレ長岡に着いたのが、午後4時少し前。道が空いていたこともあり、予定よりも早めに到着。妻の車はまだない。

「よしっ、俺の方が早かった」

と、どうでもいいことを喜び、まずは排泄を兼ねたこゆきの散歩だ。裏手に広い空き地がある。そこでリードを外して自由に走らせ、用足しを済ませる。と、こゆきがふいに立ち止まった。ついで鼻をヒクヒクさせ、駐車場をじっと見つめる。次の瞬間、数歩走って振り返り、私を見た。それを何度か繰り返す。おそらく「こっちに来て」というサインなのだろう。リードをつないだとたん、その手に衝撃が伝わる。こゆきがすごい勢いで引っ張るのだ。もしかすると、妻が着いたのかも知れない。こゆきにはそれが分かるのかも。駐車場までは50メートル……、いや、もっとあるだろう。それでもこいつには分かるのか。犬の臭覚は、人間の100万倍から1億倍とも言われる。それにしては、こゆきの近くで屁をひっても、悶絶したことはない。うまくできているものである。聴覚にしても4倍から10倍。そんな犬のことだ。もしかすると、本当にここから妻の車の臭いをかぎつけたのかも知れない。リードを手に駐車場へたどり着くと、やはり妻は来ていた。こゆきの興奮ぶりといったらない。気でも違ったかのように妻に飛びつき、狂おしい鳴き声を上げる。家にいると、飼い主の私以外はあまり反応しない。娘や妻が呼んでも、チラッと一瞥をくれるだけのことが多い。なのに、この喜びようはどうだ。

「はいはい、来てあげましたよ。あーあ、何この車の中。空き巣でも入ったの？　やっぱりワタシがいないとだめねえ」

　こゆたま号の中に入り、次々と「ワタシがいないとだめ」という材料を探しにかかる。本来の意味とは違うが、これもまた一種の「押しかけ女房」と言うのだろうか。

　こゆたま号の中で少しのんびりと時を過ごす。と、今まで気がつかなかったのだが、ツメが伸びていた。出発の前に切ってきたのに、もうこんなに伸びた。それに気がつく余裕もなかった。そのツメを切った後、施設内の温泉に向かう。既に一番星が光っていた。


　温泉の露天風呂で月を見た。昨夜「氷見」で見た月とは少しだけ形が違っている。露天風呂に入って月を見上げる度に、それは感じていた。家にいると、じっくり月を見ることなどない。これは旅の風情でもあり、時の流れが確実に進んでいる証でもある。旅に出ると、時間の感覚がなくなってくる。1週間の旅なのに、まるで1ヶ月も旅に出ているような錯覚を覚えることもあるのだ。

　娘が小学校6年生の時、二人で自転車の旅をした。太平洋岸から出発し、日本海まで走るという、「日本横断の旅」である。4泊5日で直江津に到着したのだが、その時に日本海を見つめながら娘がひと言、ポツリとつぶやいた。

「たった4泊5日なのに、もう1ヶ月もお父さんと一緒に旅をしているような気がする」

旅とは、そうしたものである。時間の感覚を麻痺させてしまうのだ。

風呂から上がって、妻と施設内のレストランで食事をとる。非日常の連続の中に、ポッンと日常の空間があった。

「何か、こまったことはない？」

「うーん、こゆきの寝言がうるさいことくらいかな」

「そんなのは、がまんしなさい。あとは？」

「特にないけど、どういうわけか、車内の足の踏み場がすぐになくなるんだ」

妻はこれをジョークとしか受け取らなかったようだ。

こゆたま号へ戻り、ベッドをセット。この日の夜は、私と妻の間にこゆきが潜り込む。

「本当にひどいね、こゆきのいびき。寝言も言うし。家ではこんなことないのにね」

疲れているのだと思う。家にいれば、昼間はほとんど寝てばかりなのに、移動する車の中では熟睡できないのだろう。それでも出発したてのころよりは、だいぶ図太くなったと思うのだが。

翌日はこゆきを連れて、隣接する丘陵公園に行く。入場口へ向かう途中で、こゆきがいきなり私の後ろに隠れた。前方を見ると、ウォーキングをしているおじさんが近づいてくる。こゆきは、元気よく両腕を振り、大またで歩くウォーキング愛好者が怖いのである。その他には、ガソリンスタンドで大きな旗を振っているお兄さんが怖い。それから、しゃべりながら走る灯油販売のトラックが怖い。世の中、怖いものだらけのこゆきである。

「あっ、わんちゃんだ」

「柴ちゃんだよ、おかあさん」

と、公園の中でこゆきは子どもたちに大人気。

「触ってもいいですか?」

と訊いてくる子がいるので、ここは試しとばかりに「いいよ」と答える。さあ、どうだ。いつものこゆきなら、尻尾を下げて必死の抵抗を試みるはずなのだが……。おおっ、なんとおとなしく頭や背中をなでられているではないか。その様子を見て、別の子どもたちもなでてくる。明らかな変化だ。「フレンドリーな犬になる」。これがこゆきの大きな課題の一つなのだから。

そのこゆきはを、「ワンちゃん待っててねコーナー」で待機。リードをつないで人間が食事をできるような作りになっているのだ。ここで妻と早めの昼食を摂り、駐車場へ戻る。

「じゃあね。残り半分、無理しないでよ」

そんな妻の言葉を聞くと、ここから一緒に帰りたくなってくる。だから来なくてもいいと言ったのにィ!

駐車場を離れる妻の車を、こゆきと共に見送る。さて、こっちも後半戦のスタートだ。

こゆたま号は、光よりも速く山形県を走りぬける。(んなわけないか) 酒田市内のホテルの駐車場で1泊し、なおも北上を続けた。

ふと、桜が開きかけていることに気づく。そうか、いつの間にか「桜の時間」を逆行していたのか。満開の地域を過ぎ、八分咲き、五分咲きと通りすぎ、ここはやっと三分咲きといったところだろうか。右手にはまっ白な雪を頂いた鳥海山が見事だ。空は青空。ピンク、白、そして青のコントラストが、大自然のファッションショーのようだった。


この日はとにかく、行けるところまで行くつもりでいた。10時、11時と、どんどん時間が後ろへ飛んでいく。こんな単調な走りをしていると、どうしても眠くなる。躊躇せずにコンビニの駐車場に入り、一番端のスペースに停める。ここでしばしの仮眠だ。これまた、キャンピングカーならではの特権である。足を延ばして、ゆったり寝ることができる。エンジンを切っても、エアコンだってヒーターだって使うことができるのだ。ブラインドを閉めれば、外から覗かれることもない。この場所で1時間半ほどの仮眠を取ると、いっぺんに頭がすっきりした。泊まる場所によっては、熟睡できない夜もある。そんな時、乗用車泊だと「何としても寝ておかなくては」と、どうしても焦る。しかしキャンピングカーであれば、「眠れなかったら、どこかで昼寝すればいいや」と開き直ることもできるのだ。どうです。キャンピングカーの恩恵って計り知れないでしょうって、おまえは業界の回し者か……、などと一人芝居をしている場合ではない。先へ進もう。

さらに走って、海沿いから、内陸に入っていく。道が次第に上ってくるとそこは「上《かみ》小阿仁村《こあに》」。このあたりから道の両脇に雪が目立つようになってきた。わーい、雪だ、雪だ！初日に行った鳴沢以来の雪である。大館《おおだて》が近づいたころ、一休みしたくなった。とある工事現場があり、そこに空きスペースがある。ここなら文句は言われないだろうと、こゆたま号を駐めた。そして珈琲を入れて一服していたときである。作業服を着たゴツイ体躯の連中が4、5人、肩を怒らせて、ドカドカとこっちへ近づいてくるのが、フロントガラス越しに見えた。

「ままま、まずい！　断りもなく、ここに駐めたのがいけなかったか」

私はバタバタとドアから出て頭を下げた。

「すみません、ごめんなさい、許して。すぐに出ますから」

すると、いかつい男たちは言った。

「いや、いいんですよ。ここなら邪魔にならないし。それよりちょっと見せてくださいよ、キャンピングカー」

というわけである。キャンピングカーの中を見たがる人は多い。特に男は多くの人が興味津々の目を向ける。けれど、爆発状態に近い車内を見せる勇気がなく、お断りするケースがほとんどだ。けれどこのときばかりは、見せるしかないような雰囲気が5メートル四方ぐらいに充満していた。

「ど、どうぞ。散らかってますけど」

二日前に妻と会っていてよかった。あの時片づけてもらっていなかったら、いかにアバウト感たっぷりの彼らでも、壮絶な車内に目を丸くしたと思う。

「おっ、キッチンかぁ。冷蔵庫に電子レンジねえ。俺の部屋よりいいよ、こりゃあ」

と、なめるように見回していく。彼らは、もう何ヶ月も周辺の道路工事を進めているらしい。今はちょうど休憩時間なのだという。

「ワンコと一緒に日本一周か。夢だな、そりゃあ」

そのワンコは、男たちの大きな声に気圧されて、テーブルの下に避難していた。

「今日、泊まるところは？　決まってないなら、ここへ泊まっていけばいいですよ」

さらっと、そう言ってのける。旅に出ると、多くの親切に出会う。その親切が、たまらなく嬉しい。もしかすると私も、見知らぬ人の親切に出会いたくて旅に出るのかも知れない。若いころから、ずっとそうだったのではないだろうか。それだから、一人旅が好きだったのかも知れないな。一人旅をしている者に警戒心を持つ人は、ほとんどいないように思う。だから私の一人旅は、いつでも充実していた。この旅もそうであって欲しい。旅に出てよかったと思いながらゴールしたいものだと、心の底からそう思った。

しかしこの日はどうしても、青森港のフェリー埠頭まで行きたかった。

「そう、それじゃ気をつけて。あ、ちょっと待っててください」

そう言って二人の作業員が足早に去り、そして手に白いビニール袋を提げて戻ってきた。

「これ、比内《ひない》地鶏のカワです。炒めても、鍋に入れても、うまいっすよ」

そういえば、このあたりは、地鶏で有名な比内に近い。私は丁重に礼を言って、その場を後にした。本当にありがたいものである。ただし私は鶏肉が大の苦手なので、この比内地鶏はこゆきの胃袋に消えてしまうのが悲しい。

出発すると間もなく、日が西に傾き始めた。秋田杉を満載したトラックが目につくようになると、左手に見えてくるのは岩木山だ。雪の白さが夕日のオレンジをはね返し、どこか荘厳な印象を受ける。このまま通りすぎてしまうのが惜しくて、コンビニの駐車場にこゆたま号を停め、正面に見える岩木山をじっと見つめた。

古来から日本人の中に眠るアニミズムのＤＮＡが、自分の中にも存在していることを感じるひとときだ。予定外にコンビニの駐車場で仮眠を取ったから、さらに工事現場で作業員たちと話し込んだから、今、この風景と出会うことができている。こうして何度となく重なる偶然が、旅を紡いでいくものなのだろう。

ところで、朝日に向かって手を合わせる人は多いが、夕日に向かってそうする人はまずいない。これはどうして？　今度、じっくり考えてみることにするか。

青森の市街地に入るころには、もう日が暮れかけていた。久々の渋滞の中を、フェリー埠頭へ向かう。

翌日8：40発、函館行きの便を予約し、駐車場で車中泊する許可を得る。ところが、フェリー埠頭というところは、決して静かな場所ではない。船のエンジン音、出入りする車の音、入港・出港を知らせるアナウンス、さらに大型トラックの多くは、ひと晩中エンジンをかけっぱなしにしている。それでも翌朝のことを考えれば、ここは便利な宿泊場だ。

ここでさっき頂戴した、比内地鶏のカワをクックツと煮る。こゆきの口からは、よだれが流れっぱなしだが、冷めるまではあげられない。えさ箱に移し、こゆきの前足が届かない高い場所にそれを置いて冷ます。するとその間、こゆきはずっとそのえさ箱を見上げている。試しに時間を計測してみた。2分経過。5分経過。食い物に関しては、どうしてこんなに粘り強いのだ。そして7分が経過。どうにか食べられるレベルまで冷めたカワをえさ箱に移した。今にも突進してきそうなので、コマンドを飛ばす。

「おすわり。伏せ！」

ところが最近、「伏せ」を省略形でこなす技を覚えやがった。すぐに「お座り」の態勢に復活できるように、中腰で伏せをするのだ。学習能力があると言うべきか、はたまたいやしいと言うべきか。

「よしっ」と許可を得た後の早いこと早いこと。せっかくの薩摩地鶏、名古屋コーチンと並ぶ三大地鶏が、じっくり味わわれることなく、こゆきの胃袋に消えていった。お気の毒。これじゃ、世界三大珍味のフォアグラ、トリュフ、キャビアを三色丼にしてやっても、こんなスピードで食うんだろうな。うわっ、もったいない。

楽しい夕げも終わり、さあ寝るかと思った矢先のこと。突然異様な音が近くから聞こえてくる。「何だろう」とブラインドを開けてみると、牛を満載にしたトラックが隣につけ、その牛たちが一斉に鳴いているのだ。これには参った。何しろここは駐車許可を取った場所である。私は気持ちよくビールを飲んでしまっているのだ。

持参の耳栓をしたが、そんなもので収まるような音量ではない。まるで、新宿歌舞伎町の交差点で寝ろと言われているようなものだ。こゆきも落ち着かないようで、なかなか寝ようとしない。困り果てていると、ようやく乗船する便が出港することになったらしく、牛たちはフェリーの口に吸いこまれていった。やれやれと思うと、今度は近くで轟音を轟かせているトラック集団が気になってくる。こちらはどうにか、耳栓で対処することができた。この耳栓というやつは、どうしてなかなか優れものである。百円ショップで簡単に手に入る代物なのだが、効果は抜群だ。キュッと細く絞って耳の穴に突っこむ。するとそれが次第に膨れて、耳の穴をピタッとふさぐ仕組みになっている。これをするとしないとでは大違い。時刻は既に午前1時過ぎ。そろそろ眠らなくては……。

翌日は朝から重苦しい雲が、頭の上にのしかかっていた。

睡眠不足がたたってか、8：40の便には乗れず、結局11：35の便に変更することになってしまった。こゆきにとっては2度目のフェリー。今度は前回の倍の4時間だ。現在は9時。結果的にのんびりした時間を過ごすことになった。ゲートボールの後片付けのような間延びした時間を過ごし、ようやく乗りこむ。

今回も不安そうな顔をしたこゆきを車内に残し、二等客室へと移動する。乗客は数えるほどしかいない。定員20人ほどのひと区画を貸し切りだ。しばらくごろ寝をしていたが、ちっともおもしろくもない。だれもいないのをいいことに、思い切り音を立てて放屁してみたりしたが、その後の静けさがかえって空しい。しかたなく人っ子一人いない食堂へ行き、窓際で缶コーヒーを飲んでいた。

ふと気がつけば、窓ガラスに雨の筋が斜めに長い線を引いている。やはり降り出したか。窓にへばりついた雨粒は、自分の重さに耐えきれなくなり、やがて落ちていく。歳を重ねた人間も、自分の歳の重さにいずれ耐えられなくなって、ズルズルと落ちていくのだろう。窓にへばりつく力もなくなって……。いかん。また、ネガティヴ思考に走ってしまいそうだ。

出航から4時間近く経ち、左手に「大千軒岳《だいせんげんだけ》」が見えてくると、間もなく函館港だ。8年ぶりの北海道に胸が躍る。

船のゲートが開くと外は雨上がり。時刻は既に4時近くだ。走り始めて程なく、大沼公園をかすめるようになる。せっかくの北海道駒ヶ岳なのに、雨雲のカーテンが邪魔をして、よく見えない。この日も宿を決めていないので、地図を頼りに「濁川温泉」をチェック。ここから10キロメートルほどの距離だ。行ってみると、ひなびたムードのそそられる温泉街だ。中でも渋い雰囲気の温泉宿にこゆたま号を停める。玄関のガラス戸を開けると、おかみさんらしき女性登場。

「あのう、お風呂に入りたいんですが、このお庭で今夜泊まらせて頂いてもいいですか?」

丁寧語に徹した。

「はいはい、どうぞどうぞ。お風呂もゆったり、お泊まりもゆったりどうぞ」

と、すんなりOKが出た。泊まり客は一人もいないと思われた。当然、風呂も貸し切りだ。入浴の前にこゆきの散歩をすませ、おかみの言うとおり、ゆったりと適温の湯に体をまかせる。鉄分たっぷりの、いかにも「効く!」といった気にさせる湯だ。

こんな湯を独り占めしていると、つい出てしまうのが吉田拓郎の「旅の宿」である。学生のころから、一人旅で湯に浸かるとまっ先に出るのがこの歌で、それが40年も引き継がれているわけだ。彼も歌い手冥利に尽きるというものだろう。

のぼせるほどゆったり入って、ロビーらしき場所のソファーのようなものに腰かける。

「どう、ゆったりできた?」

おかみ……というより、おばちゃんという呼び方の方がしっくり来る。

「はい、もうゆったり。……貸し切りで入っちゃいました」

「そりゃもう、こんな時期に来る酔狂な人は、そんなにいないよ」

私は酔狂な人物らしい。

「どこから来たの? 千葉! すごいね。千葉って東京に近いんだよね。すごいね～」

何がすごいのかよく分からないが、とにかく千葉はすごいようだ。

「スカイツリーって行った? あれって東京タワーより高いんでしょ? それから、なんだっけ。ほら、『六本会館』っていう高いビルもあって……」

どこかの結婚式場かと思ったが、どうも「六本木ヒルズ」のことらしい。とまあ、スポーツドリンクを飲みながら、このおばちゃんとすっかり話し込んでしまった。

「明日の朝も、急いで出なくていいからね。それじゃ、ゆったり寝てね」

〝ゆったり〟という言葉を何回聞いただろうか。その厚意に甘えて、何から何まで〝ゆったり〟させてもらった。もちろん、移動の心配のないここでは冷たいビールも、キュッと頂きました。ハイ。

極めて安心感のあるゆったりとした一夜を過ごした翌朝、その温泉宿を出発した。右手に内浦湾《うちうら》を見ながらの走行だが、青空なのに横風がとんでもなく強い。元来キャンピングカーはそのフォルムからして、横風が苦手だ。クルマがふらつかないように、しっかりとハンドルを握る。

北に向かってひたすら走るが、強烈な横風は一向に収まらない。道路脇の風見がちぎれんばかりにたなびく。いつの間にか、灰色の雲が重たい。

洞爺《とうや》湖を過ぎ、ほどなく羊蹄山《ようていざん》をほぼ正面に見ながら進路を北に取る。しばらくの間、山坂道を走る。道幅は狭くなったが、横風には悩まされずにすんだ。

予想していたよりもこぢんまりとした「定山渓《じょうざんけい》温泉」に入ったあたりで、雪がちらついてきた。こんな北海道だから当然、桜はつぼみを硬くしたままだ。それにしても、青空だったり、強風だったり、曇り空だったり、雪がちらついたりと、ナックルボールとか、スプリットフィンガー・ファストボールとかの、よくわからん変化球のような天気だ。

そこを抜けると、もう札幌市内。車の数がグッと増えてくる。

その札幌を大回りに迂回し、旭川へ向かう。そこにある、北海道教育大で教授をしている旧知の友と会うためだ。しかし札幌市内を突っ切ったわけでもないのに、車の数が多い。ここを抜けるのに時間がかかってしまい、思ったように進まない。だらだら走っているうちに、薄暮状態になってしまった。

渋滞を嫌って脇道に入ると、途中に小さなスーパーがあった。いかにも田舎のスーパーといった、いい雰囲気の店だった。その雰囲気に惹かれて店内に入ったが、食材らしきものはもう、ほとんどない。それどころか店員が閉店準備をしている。豆腐と豆大福だけを買った私は、女性店員に尋ねてみた。

「キャンピングカーなんですけど、こちらの駐車場に泊まらせて頂いてもいいでしょうか」

すると、その店員が答える前に、別の方角から声がした。男の声だ。

「いいですよ。表側は車が通るから落ち着かないでしょう。店の横のスペースの方がいいかもしれないですよ」

おおっ、なんというさりげない親切。私は礼を言って、豆大福をもう一つ買った。

「おっ、野田って、千葉の野田でしょう。私は以前、松戸に住んでいたんです」

これはまた奇遇だ。松戸というのはわかりやすく言えば、野田市の隣の隣にある市だ。車なら30分と行ったところか。

人との出会いは、大木の枝の先にある一枚の葉をつまむようなところから始まる。数えきりないほどある葉の中から、たまたまその葉を指の先でつまむ。それはひょっとすると、〝偶然〟という言葉で、括られてしまう程度の行為なのかもしれない。さらにそれは、人間間に限ったことでもない。私がブリーダーの家でこゆきを選んだときもそうだ。生まれた5匹の子犬を代わる代わる抱き上げる。どれも同じように可愛い。

「どのワンコにしようかなぁ」

迷っていた。はっきり言えば、どの犬でもよかったのである。けれど私は、抱き上げた私の顔をたまたまペロッとなめたメス犬を衝動的に選んだ。これがこゆきだ。そしてこゆきは私を主人と決めて生きている。きっとこれからもそうして生涯を送るのだろう。

私の知人に、タッチの差で電車に乗り遅れたことで出会った女性を、一生のパートナーにした男がいる。出会いとはそんなものである。それが偶然なのか必然なのか、だれにも分からない。分かろうと分かるまいと、どっちでもいいことである。

提供してもらった駐車スペースは、確かに道路に面した駐車場よりも、落ち着いて過ごすことができる。電波状態の悪さからテレビは受信できないので、音楽と読書で夜を楽しむ。こゆきも、せめてオセロの相手ぐらいできるといいのだけれど、訓練してもそれは無理だろうな。こうして、ささやかな優しさとの出会えた一日が更けていった。

翌朝は早めに出発した。お礼の言葉をしたためたメモをシャッターに貼りつけ、旭川に向かってスタートを切る。国道12号線は空いていて、信号もほとんどないため、高速道路のように走ることができる。

ここまで書かなかったが、こゆきに疲れが出ている。出発してからしばらくの間は便秘が続き、食欲も落ち気味だった。それが治ってひと安心と思ったのだが、二日ほど前から今度は下痢気味になる。そして食が極端に細くなった。元気なことは元気なのだが、家のいるときとの生活リズムの変化に、まだ身体が戸惑っているのだろうか。夜の寝言が多くなってきたことも、少々気になる。

大きな食品スーパーを発見。ここで仕込みをしよう。いつもは車内に置いていくこゆきを連れ、散歩を兼ねて広い駐車場を歩く。

「あ、柴ちゃんですね。うちも柴を飼っているんですよ」

「かわいい〜。さわってもいいですか?」

と、どこへ行ってもこゆきはスターである。と同時に、頼もしい親善大使でもある。こゆきを連れて歩いているだけで人は私に対して、無警戒になる。「犬を連れている人はいい人だ」というステレオタイプな見方に、たいへん助けられるのだ。だから、こゆきを介して私に声をかけてくる人も多い。それもみんな、笑顔で接してくれる。当たり前だが、私一人で歩いているところに声をかけてくる人はいない。いるとすれば、職務質問の警察官くらいなものだ。

「ここで、いい子にしていなさい」

と、入口近くのポールにこゆきのリードをつなぐ。こうしてつながれている犬はよく見かけるが、たいていはずっと吠えているか、小さくなっているかのどちらかだ。もちろんこゆきは、後者の方だが。

ここでも野菜を心がけて買い物をする。半額になっていた鍋焼きうどんも買ってしまおう。私が並んだキャッシュコーナーでは、背筋の伸びた銀行員風の紳士がレジを打っていた。いったい彼の身に何があったのだろうと、つい余計なことを心配してしまう。

店を出ようとすると、こゆきが通りがかりの人に頭をなでられていた。つながれた犬の頭をなでて行く人って必ずいるものだ。今まではおびえてそれを拒否するこゆきだったのだが、今は平気でなでられている。この旅に出て、明らかに人間との関わり方が変化した。「フレンドリーになる」という課題をいくらかクリアーできたようである。

再び旭川を目指す。昨日とは打って変わって走りやすい道だった。時間帯が悪かったのかな、昨日は。昼前に旭川に到着。大学構内で友人と会った後、今度は進路を西北西にとる。まずは「留萌《るもい》」を目指すのだ。

こゆきは、〝こゆきシート〟でウトウトとしている。まっすぐな道を走っているうちに、駆け足で走り続けているこの旅について、ふと考えた。「これでいいのだろうか」と。

ただ日本を一周して、そこそこの旅情らしきものを感じてくる。それだけの旅なのか。〝日本を一周してきた〟という記念碑を残すためだけに走っているのではないだろうか。老いに対するささやかな抵抗として、闇雲に走り続けているだけではないのだろうか。いや、そんなことはない。私は人生を謳歌しながら旅しているのだ。こゆきにしても、ずっと主人と一緒にいられて嬉しいはずだ。そう思っていなければ、長旅は続かない。それにしてもこゆきの体調がやや気になる。エサが合わないのだろうか。明日のトッピングは、はちょっとばかり高級な肉に替えてやろう。

留萌までの道のりはアップダウンが続き、左右にはどっかりと雪の壁が座りこんでいる。山道を下っていくと、目の前の視界がパッと開けた。日本海だ。

「おい、こゆき。北海道の日本海だぞ。よく見ろ!」

こゆきは興味がないらしい。何があっても、どんな景色の中を走っても、いつものように、じっと身を伏せているだけ。おい、もうちょっと何か反応して欲しいんだけど……。犬はどこにいても、何をしても、同じ世界しか見えないんだろうか。

ここからは国道232号線。〝オロロンライン〟とも称される、実に快適な道だ。この日の目的地、「羽幌《はぼろ》」に向けてひた走る。かつて自転車でここを走ったときは、強い雨と風に悩まされたものだった。突然の豪雨にバス停に逃げ込むと、私の他にもう二人のソロサイクリストも飛びこんできて、三人でサイクリング談義に花を咲かせた思い出もある。

当時は現在よりも、ソロの自転車野郎が格段に多かったように思う。あの時のあの二人は今、いったいどこでどうしているのやら。

夕日の中を、こゆたま号が走る。なんという美しい夕日だろう。クルマを停めて、しばしそのあまりの美しさに酔いしれてしまった。オレンジ色の夕日が少しずつ大きくなり、ゆっくりと海の中へ沈みこんでいく。そのオレンジ色はやがて黄昏のあかね色にバトンタッチしていった。

ほぼ日が沈んでしまってから、こゆたま号は再び羽幌を目指す。到着したときには当然、町は闇と静寂の中だった。

この日の宿泊地は、羽幌の街中で見つけた公園の駐車場に決めた。大型トラックも数台駐まっている広い駐車場だ。他に車中泊をしているらしい車も何台かある。ここなら安心だ。こゆきは散歩の後、エサを半分ほど食べただけで、【ハウン】と鳴き、私をじっと見上げている。どうやら、ベッドへ上げてくれとの催促らしい。案の定、ベッドメイクをしてやると、そのまますぐに目を閉じた。やはり、疲れているのだろうか。寝姿というのは、どんな生き物でも可愛いものだ。

「ゆっくり寝なさい。いい子だね～」

と、頭をなでてやったのに、さも迷惑そうな顔をして寝場所を移動した。感じわる～！

こゆきが早く寝てしまったので、私はゆっくりと自分の時間を楽しむゆとりができた。このフリースを着込んで、シンと静まりかえった夜の町を散策してみることにしたのだ。この旅に出て、こゆきを置いて散策するのは、出雲大社以来、2度目のことだ。

ホテルの裏手をしばらく歩いて行くと、古びた住宅街になっていた。ぼんやりとした外灯に引かれ、奥へ入っていったところで、私の足が止まった。

「ここ、やってるのか？」

今にもくずれそうな建物に、《飲み屋》の看板が掛かっている。通る人もいない路地裏に、ポツンと忘れ去られたような店だ。中では、高倉健が倍賞千恵子と呑んでいるのではないだろうか。そんな妄想を抱かせる小さな飲み屋である。私の手は何のためらいもなしに、その店の扉を開けていた。

「いらっしゃい」

高倉健も、倍賞千恵子もいなかった。その代わりに、厚化粧した浅岡ルリ子のようなママがいて、カウンターでは70歳ほどの男が一人で焼酎を飲んでいた。うす暗い蛍光灯の灯りの下に、文字だけの大きなカレンダーと、聞いたこともない歌手のポスターが貼ってある。それが黄ばんでいるところを見ると、煙草を吸う客が多いのだろう。席はカウンターのみ。7人が限界だろうか。

「ビールね」

お通しは切り干し大根だ。

「お客さん、ホテルに泊まっている人？」

ママが酒焼けしたような声で尋ねる。

「いや、その近くに泊まってるんだけどね」

「その近く？　他に泊まれるところってないと思うけど」

まあ、いいじゃないですかと、ビールを注いでもらう。

「いい感じの店ですね。好きですよ、こんな雰囲気」

「よそから来たお客さんは、よくそう言ってくれるわね」

そう言って、煙草をふかす。その言葉に、一人で呑んでいた男の客が反応した。

「何言ってやがる。一人でも客が来るっつうことが不思議だよ、こんなボロ飲み屋」

「別にガンちゃんは来てくれなくてもいいんだよ」

どうやらなじみの客らしい。

「地元の方ですね。よく来るんですか、この店には」

「しょっちゅうよ。働き悪いのにね」

ママが答えた。〝ガンちゃん〟は、「ケッ」と言って、焼酎をあおる。

「厚揚げ、お願い。このあたりの〝昔のまま〟、っていうムードがたまんないね」

その私の言葉に〝ガンちゃん〟が振り向き、ろれつの怪しくなった舌でこう話す。

「またそれか。それじゃ困るんだよ。『昔のまま』じゃあよ」

何か、気に障ったのだろうか。すかさずママがフォローに入った。

「この人、漁師だったのよ。でも、船で腰を悪くしてね。陸《おか》に上がって漁協に勤めたんだけど、すぐに辞めちゃって。肌に合わなくたってもう少し我慢して……」

「辞めろよ、その話。つらくなるからよう」

〝ガンちゃん〟が、拝むようにして、お代わりのグラスを差し出す。そしてわたしの方に向き直って、話し出した。

「あんたさあ、よそ者はみんな、このあたりが『変わらなくていいね』なんて言うんだけど、変わってもらわなくちゃ、おれみたいに体こわして海へ出られなくなった者は、仕事がねえんだよ。漁協の仕事ったって、漁師で鍛えた腕なんか何にも生かせねえんだ。小間使いみてえなもんよ。やってられっかってぇんだ。なんつうかこう、漁師上がりでなくちゃ出来ねえような仕事がさぁ」

ぜいたく言うんじゃないよと、ママが口をはさむ。聞いてみるとこの二人、幼なじみなのだという。〝ガンちゃん〟の話はまだ続いた。最初はやけに寡黙だったのに、しゃべり始めると止まらない。

「まあ、漁師も大変だけどよ、鉄道やってた連中も大変だ。羽幌線が廃線になってよ。昭和62年だったかな。みんな仕事がなくなってさ。おれの友だちも、苫前《とままえ》の駅長やってたんだけどな……」

私のしゃべる番がきた。

「オレ、その人知ってるよ」

自分の呼び方は、シチュエーションによって変える。ここでは「オレ」がふさわしい。

「おっとりした感じの人でさ。ビールが好きで、夜になると勤務中でも電車が来るまで、駅前の『構内食堂』ってとこで、餃子をつまみに飲んでたよね」

その言葉に、〝ガンちゃん〟もママも、まん丸な目をして私を見た。

「お客さん、なんで？　どうして構内食堂のことまで知ってるのさ」

「おれ、30年以上前にここを自転車で走ってるんだよ。クタクタになって、構内食堂へ入ったんだ。すると店の旦那さんが、『また来たか、自転車野郎が』って、だまって生ビールのジョッキを差し出した」

そうなんだ、あいつは昔っから、と口をはさみかけた〝ガンちゃん〟をママが制止する。

「おごってやるから、飲んでいけっていうんだよね。その後、餃子が出てきたり、ラーメンが出てきたり。それがみんな、店のおごりっていうんだよ。その時、のっそりと現れたのが、制服、制帽姿の男。聞いたら苫前の駅長だって言うじゃん。次の電車が来るまでだいぶ時間があるって、どっかり座って飲み始めちゃうんだ」

そうかそうか、そんなことまで知ってるのか、と満面笑みをたたえて私に酒を勧める。

「飲み終わったら、『今夜は雨になるから、駅の待合室に泊まっていけ』って言うんだよね。その言葉通り、夜中に土砂降りの雨になった。朝になったら、『お茶が入ったよ』って、持ってきてくれたのは嬉しかったね」

「そうか。あんた、あいつらのことを知ってるのか」

〝ガンちゃん〟が先ほどまでの仏頂面とは別人のような笑顔になり、私に酒を勧める。作り話ではない。みんな私が若いころにこの土地で体験した事実なのだ。

私の話が進むごとに、〝ガンちゃん〟とも、ママとも距離がグングン縮まっていく。

「手前の『力昼《りきびる》』っていう無人駅にも泊まったし、この辺はオレにとっても、忘れられない場所なんだ」

いつの間にか、〝ガンちゃん〟の目が潤んでいた。

「あいつら、みんないいやつらだったのに。気の毒に、廃線になってからは苦しかったんだぜ。こんなところの駅長じゃつぶしもきかねえし、駅がなくなっちゃあ、駅前の構内食堂だって、やっていけるわけがねえしよう。みんな本当に大変だったんだ」

しばらくの間、沈黙が流れた。二人の煙草から立ち上る煙が、黄ばんだ蛍光灯にゆらゆらと吸いこまれていく。こんな遠くの土地に来て、ついさっき出会った人たちと思い出を共有できるなんて、思ってもみなかった。まるでしみ豆腐に汁がゆっくりしみこんでいくような、心にしみるひとときだった。ふいに〝ガンちゃん〟が言った。

「あんたさ、今日はうちに泊まっていけ」

ママが続く。

「それがいいよ。この人、見た目はこんなふうだけど、気に入った人はとことん面倒見るからね。それまではもっと飲んでいきなよ」

なんていい人たちなんだ。けれど困った。さて、困った。映画やドラマの流れでは、きっと泊まっていくだろう。そして何か事件が起こるのだ。けれど現実はそれでは困る。

「気持ちは嬉しいねぇ。本当に嬉しい。だけどおれには、待っている女がいるので……」

まーたまた、と〝ガンちゃん〟が笑い飛ばす。しかしママは、

「本当？　本当なら帰らなくちゃね。またいつか来たら、必ず寄ってよね」

と、物わかりがいい。出口のところでママがささやく。

「さっきのアレ、うそでしょ」

「いや、半分ホント。待っているのは、メスの柴犬だからね」

いやだあと、今度はママが大笑いで私の背中をパンと叩いた。何だか去りがたい。いい時間だった。あまりにもドラマっぽい出来事で、ここだけ創作なんじゃないかと読者諸君に疑われそうなのが心配だ。

外へ出ると、空気が冬のように冷たかった。フードをすっぽり被って、来た道を千鳥足で辿る。私が学生のころ、時々さまよい歩いた東京下町の路地裏にどこか似た道だ。この旅に出て、一人で店に入ったのはこれが最初。入る気などなかった。それが排水溝に吸いこまれていく泡のように、自然な流れで店のドアをくぐったのは、やはり自分の育った下

町にどこか似ていたからなのだろう。不思議な臭いのするひとときだった。まるで映画の世界に潜り込んでしまったような、学生時代にタイムスリップしてしまったような……。

「ただいま、こゆき」

明かりをつけると、眠そうな目で私を見た。私も眠い。この夜は、酒の力も借りて、ぐっすりと眠った。


朝の光が私の瞼をこじ開けると、昨夜の出来事は夢だったように思えた。けれど、そんな余韻に浸っている暇はない。この日、ついに私とこゆきは、〝日本最北端の地〟に到達するのだ。

軽い朝食を済ませ、オロロンラインを北上する。青空が顔をのぞかせてはいるが、とにかく風が強い。打ち寄せる波が時折まっ白な牙をむく。ここで《天気晴朗なれど波高し》を持ち出すのはやはり不見識だろうか。

波打ち際を走るこの道は、とにかく走っていて気持ちがいい。どこまでもまっすぐに延びる国道。砕ける波の音までも聞こえてくる日本海。おまけに前にも後ろにも、車の姿が見あたらず、国道の貸し切り状態だ。しかし、アップダウンがある。女坂ではあるが、間違いなく上り下りを繰り返している。よくこんな道を自転車で走ったものだと、我ながら過去の自分の若さに感心してしまった。

走り始めてじきに空が灰色の雲に覆われ始めた。楽しみにしていた利尻富士《りしりふじ》の勇姿を見る前に、である。

遠別町《えんべつ》あたりで次第に海から離れ、天塩町《てしお》で右に折れる。そして幌延町《ほろのべ》からは、サロベツ原野をかすめる国道40号線に入っていく。ここまで来れば、「稚内《わっかない》」までは一投足だ。利尻富士はまだ姿を現さない。何とか稚内を離れるまでには姿を見せて欲しいものだ。

ぼんやり走っていると、なぜかナビのルートから外れた。

「なんだよ、このナビ。疲れちゃったのか？」

もどるのもいやなので、別ルートに入っていく。すると頼りない、荒野の中の一本道に引き込まれていった。けれどこの道でも迂回して元ルートに戻れるはずだ。そのまま走る。

ふと、心惹かれる駐車スペースがあった。

「なんだろう、これ……」

なにやら三角形のモニュメントがある。【北緯45度通過点】という石碑だった。停まったついでだ。ここでしばらく休憩を取る。こゆきもこの日最初の休憩が嬉しいらしい。あたりに人影もなく、車も通らず。ヘタレ犬のこゆきでもストレスなく歩き回ることができる。ここは風もほとんどない。こうした場所でこそ、いい写真が撮れる。三脚を立て、こゆきのしたいようにさせて、シャッターが切れるのを待つ。案の定、ここで撮れた写真が一番自然で好きな写真になった。やはり動物と写真を撮ろうとするときは、相手の動きに

北緯45度通過点にて——道に迷って、ふと入り込んだ地点に「北緯4度通過点の碑」があった。
鉛色の空が重くのしかかり、来たの果てを感じさせる、印象深い場所だった。

まかせきるのがよい。

それにしても、いい場所が見つかったものだ。花こそ咲いていないが、「人の行く裏に道あり花の山」の感しきりである。

5．宗谷岬【何のための旅か】

ゆったりとした時間の中でまったりと休憩した後は、さて、最北に向かってのラストスパート開始だ。次第に見覚えのある風景が現れる。記憶にしっかりと焼き付いている風景が現れては消えていき、そして見えてきた「稚内市」の地名表示板。

「こゆき、稚内だぞ。わかる？　わっかない？」

こんな低レベルのおやじギャグにも、犬はいやな顔をしない。（当たり前か）最果ての町に似つかわしくない渋滞を抜けると、左手に近代的でおしゃれな建物が現れた。

「これがあの稚内駅か……」

少々、落胆した。私の知っている最果ての稚内駅とは、あまりにも違っていたからだ。以前は、隠れるようにそっと残されていた「鉄路の果て＝日本最北の線路の切れ端」。それが今ではきれいな色に塗り替えられたモニュメントになって、「ねえ、見て見て！」としきりにアピールしていた。〝ガンちゃん〟が言っていた、「変わらないで欲しいという願いは、よそ者の勝手な言い分」という考えも分かる。分かりはするのだが、やはりさみしい。海鳥が舞い飛んでいた最果ての稚内も、リトルトーキョーになりつつあった。

ここで「ほたてラーメン」の昼食を摂り、有名な「北防波堤ドーム」と再会する。その後、野寒布《のしやつぷ》岬へ向かった。

やがて、赤と白に塗り分けられた、特徴のある稚内灯台が視界に入ってくる。この灯台の真下にこゆたま号を駐めて見上げると、首が痛くなる。日本第2位の高さ（約43メートル）を誇るこの灯台は、かつて映画「喜びも悲しみも幾歳月」にも登場したという。天気さえよければ、イルカのモニュメントの向こうに、利尻《りしり》、礼文《れぶん》の両島がくっきりと見えるはずだ。しかし今日はどうも、お天道様のご機嫌がよろしくないらしい。

この場所も充分にメジャーな場所なのだが、だれ一人として訪れる者がいない。隣接の「寒流水族館」も、暇そうにあくびをしている。目の前の「恵山泊《えさんどまり》漁港」もガランとしており、いかにも最果ての雰囲気を醸し出していた。

「ここで泊まるのもいいな……」

一瞬そうは思ったが、まだ時刻は早い。やはり最北端の地を目指そう。泊まるのはそこだ！　そう思い直したら即、行動開始だ。こゆたま号を反転させ、宗谷岬を目指す。

稚内の市街地を抜けると景色は一変する。左手に宗谷湾を見ながら走る国道は、何もかもが懐かしい。古びた番屋が並ぶ。おそらく30数年前に走った時にも見ているはずだ。ふと、「あの時につけたタイヤの痕が少しぐらいは残っているんじゃないだろうか」と思ったりする。この感覚は、最南端の佐多岬での「タオル」と同じだ。ばかばかしいが、愚かしいとは思わない。ラジオも音楽も今は邪魔だ。海鳴り、風の音、海鳥の鳴く声……。それだけで充分だった。

(宗谷岬だ……)

見覚えのある、三角形のモニュメントが遙か彼方に見えてきた。自転車で走ったときは、このあたりで胸がいっぱいになったことをよく覚えている。涙が止まらなかった。けれど今の私は極めて冷静だ。何があの時と違うのだ。自転車とクルマの違い？　ゴールと通過点の違い？　それとも年齢の違い？　分からない。その分からないままの気持ちを抱えて、私とこゆきは、ストンとあっけなく、日本最北端の地に着いてしまった。

三角形のモニュメントに変わりはなかったが、その周辺はとても見事に整備されている。しかし、ここにもやはり、観光客はだれ一人としていなかった。日本最北端の地も、私とこゆきだけである。

風が強い。そして冷たい。海をじっと見つめていても、ここが北の果てであることがなかなか実感できない。珍しく、こゆきが海を見ている。何か思うところがある……とは考えにくいが、それでも今までになかった行動だ。そんなこゆきの横にしゃがみ込んで海を見ていたら、じわりと「ここまで来たんだな」という思いが湧いてきた。ここより北に、もう道はない。1億人いる日本人の中で最も北にいるのが私とこゆきなのだ。

「こゆき、頑張ったな。ここが日本の北の果てだぞ。おまえは日本の南と北の端へ来た犬なんだ」

おそらく、こゆきにとってはどうでもいいこと。けれど、私にとっては何かが違う。今まではいつも一人旅だった。護るべきものの何もない、太平楽な旅をしてきた。でも、今回の旅にはこゆきがいた。私が護ってやらなかったら、生きてもいけない存在と共に旅をしている。そこかも知れない。私が以前のように、自己陶酔的な感傷に浸れないのは。

いずれにしても、日本最北の宿泊地にやってきた。今夜はここで、ゆっくりと旅の長さをかみしめるのだ。それにしても風が強い。

日本最北端の土産物屋に入った。この店は30余年前、民宿をしていたはずだ。私はそこに宿を取った。鹿児島を出発して以来、唯一泊まった宿であり、そこでただ一度きりの風呂に入った。その民宿を出発するときに、ご家族と写真を撮った。4～5歳の女の子とも一緒に撮った。私はもしやと思い、店の女性店員にその話をした。

「ああ、その方はここの娘さんですね。もう嫁がれてここにはいらっしゃいません」

さもありなん。この店員がその子ではないかと、妙な期待をした自分に苦笑である。

ここにも人の気配は全くない。私とこゆきだけが、日本の北の果てに立っていた。ここまで走って来たことの実感がこみ上げてきたのは、この日の夜になってからだった。

それにしても、猛烈に風が強い。店員に尋ねる。

「ここって、いつもこんなに風が強いわけじゃないですよね」

「いつも結構強いんですが、今日は特に強いですね。天気予報では、低気圧が発達するので、これからもっと強くなるらしいですよ」

（低気圧か。それならどうということはないだろう。別に台風が来るわけじゃなし）

そう思った自分の浅識を、この後いやというほど思い知ることになる。

こゆたま号に戻って、かじかんだ手を暖めた。

「おっ、なんだ、なんだ？」

こゆたま号の巨体が大きく揺れた。それもくり返し。周囲270度を海に囲まれた広大な駐車場に、こゆたま号がたったの一台きり。そこに右から左から、はたまた正面から猛烈な風が吹きつける。こゆきが【ハウン】を連発する。揺れるこゆたま号に、怯えているのだ。まして、「音もなく揺れる」のではない。風がかたまりとなって、「こんにゃろ」と、体当たりをしてくる感じなのだ。だから時々ドンと大きな音がする。それが怖いのだ。しかし、最果ての地で宿泊する、というのは私のささやかな夢でもあった。

「おまえは勇敢な柴犬だ。本にそう書いてあった。だからこんな風くらい我慢せい！」

けれどこゆきは、あきらかに怯えている。どうしたらいいだろう。せっかくここで泊まることを楽しみにしてきたっていうのに。

……待てよ。私はだれと旅をしてきた？　一人じゃない。これはこゆきとの旅だ。人によっては、どうでもいいことかも知れない。けれど私は迷った。さんざん迷って出した結論は「移動しよう」だった。やっぱりこの旅は、二人旅なのだ。

エンジンをかけ、こゆたま号の進路を南に向ける。久しぶりの南下が始まる。


今度は左手にオホーツク海を見ながら走るのだ。目指すは「道の駅・さるふつ公園」。そこなら建物の陰に入ることで風を遮り、こゆきも安心して過ごせるだろう。

走っていても、オホーツク海から吹いてくる強烈な風は、「おらおらおら」と、こゆたま号を横からどついてくる。風力発電の羽根が、すごい早さで回っている。横風にハンドルを取られることもあるし、打ち寄せる波しぶきも飛んでくる。おまけに、どこからか入りこんでくる冷気がたまらない。これがトラックベースのキャンピングカーの弱点だ。なにしろ運転席よりも前にエンジンルームがない。北海道の冷気が直接、フロントグリルに体当たりしてくるのだ。ヒーターをつけても、足もとが冷えるのは当然だ。

それでも、暗くなる前にどうにか、「道の駅・さるふつ公園」に到着。ドアを開けると、そのドアがちぎれ飛びそうな風だ。ドアがなくなると、ヒジョーに困る。これはいかんと、宿泊施設の裏手に回る。

これで風はブロックできるだろう……と思ったのが大間違い。後ろは広大な原野になっていて、風が大きく回り込んで来る。海側と大差ない暴風が吹き荒れているので、こゆたま号は、新米パパに「高い高い」されている赤ん坊のように、激しく揺さぶられている。

「どこへ行けばいいって言うんだ」

海から内陸に入りこんだ道の駅で、一番近いところと言えば、「道の駅・おこっぺ」だ。しかしナビを設定すると、130キロメートルも先なのだ。けれど、ここに留まっているわけにもいかない。間もなく日が落ちる。

「行くしかない。我慢しろよ、こゆき。柴犬は我慢強いって本に書いてあったぞ」

何度も使ったセリフに、【ハウン】と答える。乗り疲れしているのは間違いない。

先へ進むにつれ、気温はグングン下がってくる。一瞬、こゆたま号が右に振られた。

「路面が凍結し始めてるな」

時間がたてばたつほど、状況は悪くなる一方だ。凍った道路でこゆたま号が、トリプルアクセルをやっても、誰も拍手してくれない。

その時、思わず急ブレーキを踏んだ。背中で、荷物が派手な音を立てて躍り上がる。こゆきが「キャン！」と、悲鳴を上げた。シカだ。目の前を3頭のシカが悠然と横断している。そういえば、あちらこちらに「シカに注意」の看板を見かけた。体重100キログラムを超えるようなシカと激突したら、こちらもただではすまないはずだ。さらにこの先では、フサフサの尻尾をしたキタキツネも道路を横断。これではスピードを落とさざるを得ない。この風に雪が加わる冬など、とても走れる道ではない。北海道恐るべし、だ。

少し走ったところに、風雪から避難する「パーキングシェルター」があったので、そこへ逃げ込む。疲れた。横風との戦いは辛い。……この旅って、何のための旅なんだ。ここまで何が楽しかった？　何が美味かった？　何を見てきた？　……だめだ。今、それを考えたら、先へ進めなくなる。きっと旅の中で見つかるはずだ。きっと見つかる。

シェルターには、さすがに風も入りこまないが、いつまでもここで足止めを食っているわけにはいかない。ナビと地図で対策を練る。と、ここから少し走った先に、キャンプ場があった。当然、オープンしているはずはないが、何か風よけになる物があるのではないだろうか。まさに、藁にもすがる思いでそのキャンプ場を目指した。

30分も走っただろうか。左手に、「はまなす交流広場キャンプ場」の標示が見えた。

「ここだ！」

左にハンドルを切る。ヘッドライトの中に一本の細い道が浮かび上がった。海に向かって下っていくと芝生広場がある。おそらくここがキャンプ場なのだろう。ゲートも何もない。出入り自由だ。管理棟なのだろうか、その建物にこゆたま号をぴったり寄せると、おおっ、風がほとんど来ないではないか。一も二もなく、ここがこの夜の宿泊地に決定だ。

砕け散る波の音は近くに聞こえるが、風はほぼブロックされている。本当はオープン前のキャンプ場に無断で入りこんではいけないのだろうが、背に腹は替えられない。すんまへん。次に来たときには、お金を払って泊まりますから！

何もしていないはずのこゆきだが、ぐったりしているようにも見える。まるで、緊張と不安の中で運転してきた私の疲労感が伝染したかのようだ。

窓から外を見てもまっ暗で、何も見えない。ダウンを着こんで海を見下ろす岸壁に立って見た。星もなくまっ暗やみのはずなのに、砕け散る波しぶきはそこだけが怪しく浮かび上がって見える。白くうごめく生き物のような波をじっと見ていると、まるでその波が無人の岩礁に私を押し上げ、そのまま引いて、一人取り残されてしまったような気になる。

ブルッと身震いをひとつして、こゆたま号の中に逃げ込む。広いキャンプ場にたった一台のキャンピングカー。疲れた……。波のくだける音と海鳴りを聞きながら、私は冷凍の五目チャーハンをチンするのだった。

光は世界を変える。昨夜、外は闇の世界だった。闇は不安、警戒、怖れ、緊張感等を生み出す。しかし一夜明けて車内に朝の光が溢れれば、そこはまったくの別世界に生まれ変わる。安堵、希望、爽快感……。外へ出てみると風はすっかり収まり、半分ほどが雪に覆われた芝生の別天地だった。こゆきも楽しそうに、わざわざ雪のある場所を選んで走り回っている。空も海もまっ青だ。楽しみにしていた宗谷岬での宿泊は果たせなかったが、その無念さをも忘れさせる快適な朝だった。

簡単な朝食をすませ、世話になったキャンプ場を出発。まずはサロマ湖を目指す。オホーツク沿いの国道は、相変わらずほぼ貸し切り状態。ドイツのアウトバーン並みのスピードが出せそうだ。（出ればの話だが）サロマ湖周辺の食堂でホタテ定食を食べ、女満別《めまんべつ》方面へと向かう。

サロマ湖を後にし、広々とした高原地帯を走っていると、雪が多く見られるようになってきた。4月中旬とはいえ、海岸沿いから一歩内陸へ足を踏みこめば、北海道はまだまだ冬景色である。女満別は「メルヘンの丘」というだけあって、牧歌的な風景が延々と続く。特に国道39号線沿いの風景は、美瑛《びえい》を思わせる丘がゆるやかに波を打っていて、黒澤明が、映画「夢」のロケ地に選んだのもうなずける。

風景はきれいだが、私の体はきたない。二日間風呂に入っていないので、今日はどうしても入りたい。そこで温泉併設の道の駅にナビをセットする。国道３３４号線を通れば、ほんの僅かの距離だ。その目的地には5時前に到着したが、日はまだ高い。ここは清里町。周辺は雪、また雪の世界。正面に見える斜里岳《しゃりだけ》もまっ白だ。

こゆきを連れて、のんびりと散歩に出かける。こゆきとこんなにゆっくり過ごすのは、いつ以来だろう。行くあてもなく、ただ足を前に運ぶ。キンと張り詰めた冷気が旅の雰囲気を一気に高めてくれた。名所旧跡を訪ねるでもなく、景勝地で感嘆の声を挙げるわけでもない。けれど、こんなにゆったりとした時間の流れの中を歩くのが好きだ。１台のキャンピングカーとすれ違った。いったいどこへ向かっているのだろうか。人はみんな、それぞれの荷物を自分のキャンピングカーに積んで、時の流れの中を走って行く旅人たちのようだ。荷物の種類も重さも、みんな違う。そして選ぶルートも違う。山道だったり、横風の吹きつける国道だったり、ワインディングロードだったり、平坦路だったり……。そのキャンピングカーは、まっ暗な夜道でも前に進む。たとえ前方が見えなくても先に行けるのは、そこに道があることを知っている人間だけだ。犬にはそれが分からない。だから護ってあげたくなる。

などと例によって、妄想タイムに入ってしまった。ふと斜里岳に目を向けると、いつの間にか白い山肌が鴇《とき》色に染まり始めていた。

「そろそろ帰るか」

ところがこゆきは、「こっちへ行きた〜い！」と、さかんにリードを引っ張る。どうも、目の前の雪原が気になるようだ。やれやれ、泣く子と地頭とこゆきには勝てまへんなぁ。

「それ、行け！」

リードを離してやると、まるで弓から放たれた矢のように飛び出していく。まずは直線に思い切り走り、それから急旋回。あとはもう、ぐるぐるぐる目茶苦茶に走り回っている。50メートルは離れたであろう場所で、「こい！」と、声を飛ばす。すると一度、はじけたバネのように飛び上がり、そして全速力で走ってくる。こゆきはどんなに離れたところからでも、このひと声で必ず戻ってくる。その点は、実に安心してフリーにさせられる犬である。ところが勢い余って私に体当たり。メガネがぶっ飛んだ。なんてことをするんだ、こゆき！　しかし、フレームが曲がるようなことはなく、メガネは無事。

こゆきはとりあえず、「まずいことをした」と思うのだろうか、盛んに私の手をペロペロなめて、ご機嫌をとろうと媚態を振りまく。こざかしいやつだ。

私はこの旅に、同じ度数のメガネを三つ持ってきた。そのうちの一つは温泉用だ。食料がなくなったら買えばいい。軽油が減ったら給油すればいい。万が一クルマ自体の調子が悪くなったって、JAFを呼べばいい。しかしメガネが壊れてしまうと、私のようなド近眼はお手上げである。このように長旅には「予備」が必要だ。それも「これがなくなったら困る」という物の予備には、けっこう気を遣っている。クレジットカード、カメラなども複数持ってきた。車検証や健康保険証などはコピーをし、別の場所にそれぞれ保管してある。クルマのキーも、前部のドア用と後部のドア用は分けて保管し、絶対に両方を一度に外へ持ち出すことはしない。旅に出ると、人間は普段しないような小さなミスを犯す。気持ちが非日常的になっているため、些細なことがおろそかになりやすいのだ。　こゆきをリードにつなごうとすると、久しぶりに【ハウン】と不満の声を漏らした。もっとこの雪原で遊びたいのだ。しかし私が寒くてたまらない。裏フリースのジャケットだけでは耐えられない。こゆたま号まで戻ればダウンが積んであるのだが。

「こゆき。おしまいだよ。おしまい」

こゆきは「おしまい」の意味を理解する。おやつの最後の一つをあげるときにも、そう言ってあげる。大好きなボール遊びを終了するときにも「おしまい」という。この時も未練たらしく何度も振り返って雪原を見てはいたが、めでたく「おしまい」になったのである。


温泉に入り、外へ出たとたんに、まっ白な自分の息が視界を遮った。

「寒い！」

温泉に入ったばかりだというのに、この寒さはどうだ。駐車場一面が、鏡のように光ってる。完全に凍結しているのだ。転倒しないように気をつけて、こゆたま号に向かう。すぐさまFFヒーターをつけて暖を取った。2日前にスーパーで買った半額の「鍋焼きうどん」があったのを思いだし、さっそく調理して、アツアツをすする。

こゆきを見ると、両前足で自分の鼻を抱えこんで寝ており、いかにこの夜が寒いかよく分かった。車外の温度を確認してみると、氷点下5度だった。それにしても、犬なんだからこのぐらいの寒さには動じないで欲しい。ましてヒーターをつけてもらっているのに、このザマはなんだ。このあたりにも、きっと外で飼われている犬はいるだろう。彼らの爪の垢でも煎じて飲ませたい。このようにして、こゆきの野性味はどんどん失われていくのだろう。育て方を間違えちゃったかなあ。

そう言えばこゆきは、犬のくせに寒さに弱い。丸まっているこゆきの腹へ妻が手を入れて「あったかーい」などと喜んでいると、すぐに「ウーッ」と威嚇する。私の場合にはうならない。これは、男と女の温度の違いらしい。私の手は暖かいが、妻の手は冷え性なので冷たい。室内飼いをしたせいか、すっかり人間化しているこゆきである。

何はともあれ、こうして鍋焼きうどんとヒーターで厳しい冷気と戦いながら、夜はシンシンと更けていった。

6. 道東【こゆきの反乱】

翌朝も快晴だった。そういえば、この旅に出てから雨に見舞われたのは序盤だけだ。天気に恵まれていることは実にありがたい。何がありがたいかというと、散歩嫌いのこゆきを散歩させる上で実にありがたい。

こゆたま号は、ワンコ仕様でもある。シェルと呼ばれる居室空間のドアを開けると、そこが半畳ほどの〝土間〟になっている。FRP製の床なので水洗いがきく。だから、雨などで濡れたり、足が泥だらけになったりしても、そのまま〝土間〟に入れ、そこで足を洗ってやれるのだ。ただし、びしょ濡れのまま、そこで犬のよくやる〝ブルブル〟をやられると、後始末が大変である。なのに「やるな」と言ってもやる。よく、ワンコ用のレインコートを着ているワンコを見かけるが、あれは着せる手間、脱がせる手間がなかなか面倒なものである。私も一度買ったことがあるが、いや、それはもう面倒くさい。レインコートぐらい自分で脱ぎ着してくれるといいのだが、まず無理だろうな。

ドアを開けると、珍しく自分から降り、おすわりをして私を待っている。そしてリードらつなぐやいなや、グイグイと引っ張る。どうやら、昨日の雪原の爽快感が忘れられないようだ。思った通り、雪原に向かって一直線。リードを離してやると、頭の中でねずみ花火がはじけているのではないかと思うくらい、無秩序に全力で走り回る。〝雪の上を走る〟という行為がどうしてそんなに楽しいのだろう。とはいえ私も子どものころは、雪が降ると意味もなく走り回っていたっけ。と、言うより今でも、雪が降ってくると何とも言えないウキウキした気分になってくる。雪国の人には申し訳ないが、めったに雪の降らない関東南部の人間にとって、確かに雪はワクワクさせる何かを持っている。「あんただけだよ」と言われちゃうかも知れないが……。

さて、この日はのんびりしていられない。かなりの走行距離を予定しているからだ。

空気が澄んだ印象の「清里町」をスタート。気持ちよく「清里摩《ま》周《しゅう》道路」を走り出す。するとほどなく上りになり、標高が高くなるにつれて雪道に変わってきたのだ。「ついにスタッドレスタイヤが威力を発揮するぞ」と、思わず小躍りした。

わざと雪のある場所を選んで走ったりする。ザリザリという雪道の音に心の中で、またも「わーい、雪だ雪だ」と叫んだりもする。まるっきり小学校低学年である。しかしそのささやかな楽しみは、あっという間に終了してしまうのだ。

本来であれば、「知床横断道路《しれとこ》」をさわやかに走りたかったのだが、ゴールデンウイーク前までは閉鎖されたままだ。代わりに目指したのが根室半島の納沙布岬《のさっぷ》だった。屈斜路湖《くっしゃろ》、摩周湖と名うての観光名所のど真ん中を、わき目もふらずに通過する。なんというもったいないことだ。というのもこの日の私は、納沙布岬へ行った後すぐにUターンし、今度は国道44号線を経由して、襟裳岬《えりも》まで行こうとしていたのだ。距離にして400キロメートルほどもあるだろうか。「襟裳岬に泊まりたい」という、何の根拠もない宿泊地設定をしていたからである。そのためには、先を急がなくてはならない。

好きな土地の一つである「別海町《べっかいちょう》」を軽快に走る。ここもどこか美瑛を思わせる風景があり、道はあくまでも直線で、おまけに車が少ない。おまけに夏は実に涼しいという、私好みの条件がてんこ盛りの土地なのだ。その別海町を過ぎ、進路を左に向けるとやがて、静かなたたずまいの「風蓮湖《ふうれん》」が見えてくる。

アカエゾマツが寒々しい風蓮湖を、窓の向こうに見ながら走る。ここは日本一の白鳥の飛来地なのだが、そのシーズンに来たことはない。私の旅は、ことごとくそうだ。観光客の集まるシーズンは極力外し、見るべきものの何もない、人の来ない季節を選んで旅をする。「だれもいない」、「何もない」ことの良さを味わう旅が、私の旅の形である。

とはいえ、私は専業作家になるまでは教員をしていた。作家と教員という二足のわらじで仕事をこなしていたのである。ということは、当然「だれもいない」「何もない」季節に旅が出来たわけではない。執筆に専念するようになって、ようやくある程度それが叶うようになった。定年まで勤め終えた場合には、定年以降がそのチケットを手にする年齢になる。「ようやくその年齢にたどり着く」のだ。定年からが自分の人生だという人がいるが、まさにその通り。定年まで頑張って働いてきた者には、定年後こそがわが世の春のスタートラインなのだ。

国道44号線を東に向かった。走り慣れた道だ。根室市を通過すれば、最果ての印象がグッと強くなってくる。目指すは、日本本土最東端の地点である。

納沙布岬に至る道は見通しのよい一本道だ。右回り、左回りの両ルートがあるが、私はチトモシリ島、ハボマイモシリ島などの小島が見える右回りの方が好きだ。

やがて純白の「望郷の塔（オーロラタワー）」が視界に入って来る。そこから岬までは、ゲタを蹴り上げれば届きそうな距離しかない。

シャッターの降りた土産物屋の間を縫って、こゆたま号をゆっくり進めると、そこに「納沙布岬」の標柱が〝お帰り〟とばかりに建っていた。私にとっては4度目の納沙布岬だ。

「こゆき、着いたぞ。ここが納沙布岬だ。さあ、記念写真を撮ろうか」

と三脚を立てて、リードを引っ張る。ところが、いつものようには近づいてこない。

「ほら、早くしろ。この後、まだまだ走らなくちゃならないんだから」

いけないいと分かっていながら、ついつい、リードを引く手に力が入ってしまう。しかし力を入れれば入れるほど、こゆきが抵抗する。なかなか思うような写真が撮れないでいたその時だ。

「なんだ、いやがってるじゃないか。おいワン公、言うことを聞け！」

観光客とは思いにくい格好をした、強面の中年男性が近寄ってきた。品がないと言えばまさに品のない雰囲気を全身に漂わせている。どれくらい品がないかというと、後ろ前にはいたパンツと毛糸の腹巻きだけで、聖心女子学院の構内を散歩しちゃうくらい、品がないのだ。その男性はこゆきの横にしゃがみこむと、大風な態度でこゆきの体に触れようとした。当然、こゆきはいやがる。珍しく歯をむき出して威嚇した。

「なんだ、おまえ。犬のくせしてキャンピングカーなんかに乗せてもらいやがって。偉そうにしてるんじゃねえよ」

と、こゆきの首根っこを押さえようとする。酒を飲んでいるようだ。いきなり現れて暴慢な言動を叩きつけてくるこの尊大な男に、私は言いようのない嫌悪感を覚えた。

「行くぞ、こゆき」

リードを引いて、その場を離れる。土産物店が1軒だけ開いていたが、買い物は後にして、芝生広場の方へ足早に歩いた。

「気分悪いよなぁ、こゆき。おまえもちょっと気分転換してこい」

と、いつものようにリードから話す。ドッと走り出すこゆき。ここまではいつもと何も変わらなかった。

「こゆき!」

名前を呼びながらしゃがむ。いつもならここで、どこにいようと脱兎の如く私の元に走り寄ってくるはずだ。けれど、なぜか視線を合わさない。おかしい。

「こゆき、おいで!」

この言葉で戻ってこなかったことは1度もない。なのに、途中まで近寄ってきてはそこで立ち止まってしまうのだ。

(なんだ? どうしたんだ)

初めてのことに、私が狼狽してしまった。

「こゆき、何やってるんだ。来い!」

するとこゆきは、あらぬ方角へ走り出してしまった。いったい、何がどうなってしまったのだ。

「来い、来い!」

つい大きな声になってしまう。まったく初めての出来事に、私の焦りは大きくなるばかりだ。けれどこゆきは、その場に留まって、じっと私を見つめるだけだ。何かが彼女の中で起こっているのだろうとは思った。しかしそれがいったい何なのか、さっぱり分からない。ふと、写真撮影のことを思い出した。こちらに来させようと強くリードを引っ張っては、却ってやって来なかった。きっとあれと同じだ。

私は芝生の上にドッカとあぐらをかき、じっとこゆきを見た。犬の聴覚は人間よりも優れている。何も大声を出す必要はない。

「こゆき」

いつもと同じ声量とトーンで、静かに呼びかけてみた。するとどうだ。こゆきがゆっくりと近づいて来るではないか。その姿を見て、今度は「柴犬の飼い方」という、こゆきを買い始めたときに買った本の内容を思いうかべてみた。

【犬は強いリーダーに従う。飼い主の毅然とした姿勢が犬の信頼を勝ち取る】

その一文が、ふわっと頭に浮かんだ。そうか、私は強いリーダーではなかったのだ。

さっきこゆきは、あの男性のせいでとてもいやな思いをした。しかし、そのこゆきを私は護らなかった。リードを強く引いて、その場から避難させただけだった。こゆきはそこで、自分を強く護って欲しかったのではないだろうか。まさか男をバコンと殴り倒すわけにもいかなかっただろうが、言葉と態度で相手を撃退して欲しかったのではないのだろうか。たった一言大きな声で「やめてください！」と突っぱねるだけでよかったのではないか。じっとこゆきの目を見た。するとこゆきも、まっすぐに私の目を見て、小走りに駆け寄ってきた。

「悪かったな、こゆき。今度はおまえをちゃんと護ってやるからな」

ここが問題の納沙布岬——後から写真を見てわかったのだが、こゆきが明らかに不満げな顔をしている。まるで、タコがわさびを食ったような表情だ。よほど、いやだったんだね。ごめんよ〜！

するとこゆきは、いつものように私の手をペロリとなめた。やれやれ、和解成立。

私も芝生に座りこんで、こゆきと一緒に今だ返らぬ島影を見ていた。北方領土……。

日本は実に、厄介な隣人たちに囲まれている。鏡に向かって威嚇している獣のような国もあれば、「オレの物はオレのもの、おまえの物もオレのもの」と嘯く国もある。往来を肩で風切って歩き、故意に肩をぶつけては因縁をつけて脅す国もある。さっきの男性が、そのまま一つの国家になってしまっているようなものだ。それでは、あの男性のどこが不遜なのだろう。それをひと言で言えば、「独りよがり」なところだ。それでは果たして、私は「独りよがり」ではなかっただろうか。こゆきを隣に座らせ、ただ闇雲にこゆたま号を走らせる。こゆきはそんな私をどう思っているのだろう。二人だけの長旅で、ひたすらアクセルを踏んでいるだけの飼い主と一緒にいて、楽しいだろうか。「1ヶ月で日本一周」という、こゆきにはまるで関係のない目標を立て、逆算してみると、もはやその1ヶ月すら切るハイペースになっている。

こゆきがわたしの顔を見上げて、今度は頬のあたりをペロッとなめた。

もっと、こゆきの気持ちにより添った旅をしよう。もっと、こゆきとふれあいながらの旅に切り替えよう。こゆきがあんな〝反乱〟を起こしたのは、あの男性のせいだけなのではなかったのだ。「もっとワタシを見て！」というサインだったのではないだろうか。犬にとっては、ご主人が「世界で一番好きな人」なのだ。その人間だけに心を許して一生を送るのだ。だったら飼い主も、愛犬を世界一好きになってあげよう。せめて二人きりの時には、そう思わせてあげたい。

この日の予定は、ここから200キロメートルばかり走った襟裳岬。そのためにはすぐに出発して、日没まで走り続ける必要があるだろう。今日もまた、こゆきは〝こゆきシート〟で寝そべったまま、一日を終える……。

「なあ、こゆき。今日はここに泊まっていこうか」

そう決めた。〝四島のかけはし〟手前の駐車場にこゆたま号を移動。ここでのんびりと、こゆきとの時間を楽しむことにした。しばらくそのままそこで過ごした後、灯台方向に向かってゆっくりと歩き出す。白亜の灯台が青い空の中で漂っていた。

視線を海に向けると、ここで座礁したロシア船の残骸がまだ残されていた。2003年の4月に座礁したまま、日本政府がいくら撤去を求めてもそれに応じず、放置したままになっているのだ。激しい波にさらされ続けてすでに10余年。その船体は、今やさび付いた鉄板だけになっている。他人の玄関先に生ゴミの袋を投げ捨て、「片づけて」と言われても知らん顔を続ける厚顔な隣人と同じ行為である。「日本は実に……」と、また同じセリフを吐いてしまいそうだ。

「こゆき、お前のウンチは、おれがちゃんと始末をしてやるからな」

犬好きではない人にとって、人間が犬に話しかけている姿は珍妙であるらしい。たしかにある程度の理解ができても、「おすわり」「お手」などの単語がせいぜいだろう。それなのに、ついつい話しかけたり感想を求めたり、時には相談まで持ちかけてしまうのだ。珍妙と思う人はそう思えばいい。しかしその人でも、生まれて間もない人間の赤ん坊には同じ行動を取ってしまうはず。これは、無意識から生まれる行動なのだ。

こゆきをこゆたま号に乗せて土産物店に行くと、店主らしき男性が声をかけてきた。

「まあ、酔っぱらいは気にしないことだ。このあたりの者じゃないね」

気まぐれにやってきた観光客か。ここからは見えないが、裏手の駐車場に車が何台か停まっているようだ。

「えっ、ここで泊まっていく？　そりゃいいや。夕方過ぎたらこのあたりにはだれもいなくなるから、犬を離してやったらいい。走り回ったって、だれにも迷惑かけねえから大丈夫だ。クルマで旅してるんじゃ、犬だってきゅうくつでたまんねえだろう」

ホッとする言葉だ。人間は、どんなにいやな思いをした後でも、だれかのたった一言でもとの自分を取り戻すことができる。そんなこともある。人間って本来、極めて単純に出来ているものなのだ。単純であることを隠そうとして、無理に教養人ぶったりするから滑稽なのだ。単純明快。それでいいではないか。

この店でいくつかの土産物を買って店を出るとき、車の助手席でふんぞり返って帰って行く、あの下品男が見えた。

こゆたま号に戻ると、こゆきが「キュン」と鳴いて飛びついてきた。明日から、ペースを落とそう。こゆきが「楽しい」と思える旅にしよう。私だけの旅ではない、パートナーとの二人旅なのだから。この度の本当の目的は、ここにあったのだ。

夕方になる前に、土産物店は店を閉じた。納沙布岬は夕日が海に落ちることはない。オーロラタワーの向こうに日が沈み、星がまたたくころになると、一気に気温が下がった。外部温度計がみるみる零度に近づいていく。今夜も冷気との戦いになることだろう。

日が落ちると、あたりはまっ暗。食事をすませて外に出ると、うっすらと雲の筋が見え、その隙間に星がいくつも瞬いて見えた。まるで墨液の中に金粉をまき散らしたかのような煌めきだ。高山の山小屋やテントの外からでしか見たことのない光景である。それにしてもとんでもなく寒い。昨夜の道の駅も寒かったが、おそらくそれ以上の寒さだ。ここでの宿泊は了解済みなので、今夜はアツカンで体の中から暖めよう。

徳利からあふれ出る熱い日本酒に、こゆきの鼻がヒクヒクと動いた。気になるようだが、欲しがりはしない。まあ、欲しがられてもやらんけど。

ベッドに入ると、遠くに波の音が聞こえた。

目が覚めて時計を見ると、すでに6時40分。日の出には間に合わなかった。こゆきは鼻をおさえたまま、ぐっすりと眠っている。完全に人間の生活リズムに陥っているワンコだ。

ここで午前9時近くまでゆったりと過ごし、昨日セットしたままのナビに従い、襟裳岬を目指す。

「さて行くか、こゆき。今日からようやく本当の『二人旅』だ。楽しく行こうな」

と、くさいセリフを吐きながらグンとアクセルを踏みこみ、納沙布岬をあとにした。

休憩を兼ねて、珍しくコンビニで食料品を買うことになった。自分の昼食として、一番安い「のり弁」を買う。

「お弁当、温めますか？」

「お願いします」

私はこの〝弁当を温めている時間〟が苦手である。何をして待てばいいのか分からない。レジの前にある大福を手に取ったり、意味もなく天井を見回したりして、ひたすら〝チン〟と鳴るのを待つのである。

隣のレジでは、これまた高校生ふうのひょろっとした頼りない男子が客の対応をしているが、見ているとおもしろい。スナック菓子などのかさばる買い物をした客を相手にしているのだが、私のような門外漢が見ても、明らかにピンボケな対応をしていた。どう見ても「それは小さいだろう」と思われる袋に商品を詰めようとしているのだ。頑張って詰め込むと、商品から〝メキッ〟という音がした。あわてて商品を全部だし、大きい袋に詰め直している。その狼狽ぶりが初々しく、見ていていい暇つぶしになった。

アルバイトのコンビニ店員というのは、時々とんちんかんなことをやらかすので、端で見ている分には楽しい。弁当を温める時間設定が長すぎて、中の醤油パックが破裂してしまったり、スイーツを買った客に「おはし、おつけしますか？」と訊いたりする。コンビニに入る楽しみの一つがそれである。

10分ほど進んだ場所にあった駐車スペースで昼食を摂る。弁当を温めてもらうと、漬け物やサラダまで温かくなってしまうのが無念だ。日本のハイテク技術で、そのあたりをクリアーできんもんでしょうか。

小綺麗な駐車スペースではあったが、地面はアスファルトで埋めつくされている。こゆきは土や草の感触が好きなので、ここはどうもお気に召さなかったようだ。散歩はやめて、早々に立ち去る。そこからほどない地点に、地面が土の駐車場を見つけた。前日までの私だったら、まずなかったことだ。〝走り屋キャンパー〟として、目を血走らせて走りまくることしか頭になかったからだ。敷地内に小さなプレハブの店舗があった。「揚げだんご」と書いてある。何となくそそられて、こゆきの散歩が終わると中をのぞいてみた。小さなテーブルが二つ置いてあるだけの店だ。メニューは、2種類の揚げだんごだけらしい。

「いらっしゃい」

夫婦と思われる中年の男女が、切り盛りをしているようだ。

「揚げだんごね。ジャガイモとかぼちゃ、両方ちょうだい」

「それでは今から揚げますので、少しお待ち下さい」

注文を受けてから揚げるらしい。やがて揚げたての〝揚げだんご〟が登場。でかい！直径10センチほどもあるだろうか。〝だんご〟というよりは、むしろホットケーキだ。地元の牛乳と一緒に食べたが、実にうまい。これで1枚100円とは驚きだ。揚げだんご2枚と牛乳でしめて330円。のり弁など食わなければよかった。これが今回の旅で、一番〝うまい〟と感じた食べものだったかも知れない。

これまで3週間にわたって、自分はずっと犬の川端歩きを続けてきたなと、改めて思った。ここまで食べたいと思っていたもの、食べようと思ってきたものは山ほどあった。なのに結局、走る時間を惜しんでそれさえ犠牲にしてきた。思えばバカなことをしたものだ。日本一周が楽しむための旅の形ではなく、それを達成すること自体が目的になってしまっていたのだ。日本各地の美しい風景も、こゆきの気持ちも、温泉も、美味いものもみんな犠牲にして、ただ疾走していたのだ。

それにしても、うまいだんごだった。200円でこんな幸せ、いいのかいな。

最近気になる番組の一つに、いわゆる「うまいもの食べ歩き番組」がある。あっち行っちゃこれ食い、こっち来ちゃあれ食い。そして必ず出るセリフが、「うまい！」「やべぇ！」「口の中でふわっととろけますな」等の、わざとらしいほめ言葉。葉っぱを食っても「最高です」。水を飲んでも「信じられないうまさ」。たまには、「口に合いません」とか、「ぼくは鶏肉、だめなんですよね」とか、本音を言ってみろってえんだ。

あとはよくある「大食い番組」。食い物を苦痛の中で腹に押しこむなんぞ、とても正気の沙汰とは思えない。せっかくの食べものを味わいもせず、ダストシュートのように胃の中へ落とし込むだけなら、何とか肉を使った高級和牛ステーキだの、天然物の特上ウナギなどでなく、イモとか食パンとかで十分だろう。食べ物の扱い方について、メディアもそろそろ大人になって欲しいものだ。

とか何とか言いながらも、旅はまだ続く。この日の朝、心に決めたように、今日からが本当の二人旅なのだ。今日から思い切り、この旅を楽しもう。

走りながら、唐突にこんなことを考えた。「別に襟裳岬に泊まらなくてもいいかな」と。襟裳岬には過去3度行っているが、よく考えてみれば、あそこは風が強く、駐車場が斜めで決して車中泊に適した場所ではない。それに芝生スペースがそれほど広くないので、こゆきは不満かも知れない。

そう思った私は、襟裳岬よりも手前にある「道の駅・忠類《ちゅうるい》」を思い出した。その道の駅には広い芝生や記念館もある。天気がよければ日高山脈も遠望できる、開放的な宿泊適地である。そこなら充分明るいうちに到着できるし、こゆきもたっぷり走ることができる。

その「道の駅・忠類」に到着したのは、まだ日も高い5時少し手前だった。ここには既に、キャンピングカーが2台、トレーラーが1台駐まっていた。ゆったりと散歩をし、こゆきを自由に走らせる。ここに決めてよかった。そう思った。

このように計画にしばられず、自由気ままに旅のできるところがキャンピングカーの大きな魅力だ。眠くなったら寝ればいい。ティータイムにしたければ、空きスペースに停めて休めばいい。家族と一緒なら、トランプをしたり、外でバドミントンをしたり。楽しみ方は実に多種多用である。

絶好の宿泊地を得て、私とこゆきはこの夜、ぐっすりと眠った。日本一周の旅が、旅本来の形に変わった一日だった。

日が変わり、襟裳岬に向かう道を走ると、走るごとに雪を抱いた日高山脈が大きくなってくる。ひときわ高いのは幌尻岳《ぽろしり》だろうか。さらにその先には、海沿いの「黄金道路」と呼ばれるルートがある。景色が黄金なのではなく、とんでもない費用がかかった道だからこの呼称が与えられた、というのは有名な話である。そんな、金持ちになったような気分にさせてくれる道を気持ちよく走っていくと、やがて道の両側が寥寥《りょうりょう》たる景色に変わる。どれだけ走っても、対向車とすれ違わない。襟裳岬が近いのだ。空はいつの間にか鉛色に変わり、吹く風は春風なれど、落莫《らくばく》の感に満ち満ちていた。先へ進めば進むほどにその感は一層強くなり、森進一の「えりもの春は何もない春です」の歌詞を実感するようになる。それでも岬が近づくにつれ、民家の姿がチラホラ見られるようになってきた。そこからはあっという間に岬の駐車場に出る。

思った通り、駐車している車は一台もない。こゆきを連れて外に出た。前回来た時と何の変わりもない。風も相変わらず強く、こんちくしょう、という感じで吹きつけてくる。波は龍の背骨のような岩礁に、白い牙を突き立てていた。たいして広くもない芝生だが、こゆきを走らせる。ところが今度は納沙布岬での行動とは逆に、私のそばをあまり離れない。ちょっと走ってはこちらを振り向き、確かに私がここにいることを確かめながら、小走りと立ち止まりを繰り返すのだ。見上げれば、灯台が重苦しい灰色のケープをまとって寒々しく建っていて、その脇では自衛隊のレーダーが気ぜわしく回っている。

襟裳の春は何もないからいい。何もないことの良さを、現代人は忘れ去ってしまったのではないだろうか。春の北海道には何もない。雪も見られなくなり、かといって花もない。だから人もいない。あるのは寂寞《せきばく》とした風景だけ。だからいい。

襟裳岬の歌が誕生した当時、「何もない春」というこの歌詞に反感を抱く町民も多く、町長自ら、作詞の岡本おさみに抗議したという話も聞く。しかしこの曲が大ヒットしてからは感謝状を贈り、歌碑まで建てたというから、人間の感情なんて、結局結果オーライかという気持ちにもなる。感情は勘定なのかよ……と、これはまあ、独りごとである。

土産物店は2軒ある。近代的な店と味わいのある店。当然私は後者に入る。これって、無意識に取っているある種のポーズなんだろうな、とは思っても、昔からのスタンスはそう簡単に変えられない。それに私の服装では、近代的な店に入りにくい。

〝味わいのある店〟で「三色丼」を注文したら、今は客が少ないからと「四色丼」にしてくれた。ウニ、ワタテ、イクラ、ツブ貝の四色だ。２３００円。この旅、最高額の食事になってしまった。

このやけくそのようなサービスに気をよくして襟裳岬を後にし、苫小牧港《とまこまい》へと向かう。そう、この日が北海道の最終日なのだ。

港に向かう途中で通り雨にあった。窓ガラスに雨粒がいくつもついていく。風圧に耐えきれず、流れ落ちていく雨粒。自分の重さでズルズルと下がっていく雨粒。そんな中で透明な体を震わせながら、窓ガラスにへばりつき続ける雨粒もある。こいつは、ガラス窓にしがみついているのではない。自分の重さや風圧を楽しんでいるのだ。できることなら私もそんな生き方をしたい。残り少なくなった旅の日々を、こゆきと楽しんで過ごしたい。

……雨粒を見てこんな気持ちになれるのだから、つくづく私は安上がりに出来ているのだと思う。笑っちゃうね、まったく。

雨が上がると、前方に虹が出た。あんなに美しい虹も、雨が降ったからこそ現れる。薫風涼風の中だけで悠然と生きていたのでは、こんな虹を見ることはできない……。

苫小牧市は、さすがに北海道を代表する工業都市、港湾都市である。広い道路が車で一杯になった。そこから港に向かうと、広い駐車場が目に飛びこんでくる。ここで三つの船会社がフェリーを運航しているのだから、駐車している車の台数も半端ではない。その駐車場の一番端にこゆたま号を停め、明日の乗船予約のためにターミナルへ。そこで手続きをすませてこゆたま号に戻ると、こゆきが目を覚まし、不安そうな顔で私を待っていた。

「今日は、ここで泊まるんだぞ。ちょっと早いけど散歩に行こうか」

と、こゆきを外へ連れ出す。しかし、こゆきの好きな土の地面も草むらもない。どこで小用をすませようかと、あっちうろうろ、こっちうろうろ。なかなか場所が定まらない。その上車や人の出入りが多く、それも落ち着かない原因のようだ。

この旅に出てすでに2度、フェリーを経験しているこゆきである。しかし、八幡浜や青森港とは比較にならない規模の埠頭だ。どうにも落ち着かないらしい。北海道最後の夜は、ゆっくりと休ませてあげたい……。そこで頭に浮かんだのがウトナイ湖だ。

ウトナイ湖はここからほど近い、私の大好きな場所だ。自転車の旅で初めて北海道に上陸したとき、私はその静かな美しさに魅了された。道から少しはずれた場所に、そのウトナイ湖だけがあった。周囲に何もない、ひっそりとした湖だった。けれど現在は、活況を呈する道の駅に変貌したと聞いている。できれば、あの静寂に包まれたウトナイ湖の記憶をそのまま残しておきたかった。だが、ここまで一緒に旅を続けたパートナーが静けさと歩き心地のよい地面を欲しがっている。ここまで自分のことしか考えずに走ってしまった私だ。せめて今夜は、こゆきを王様、いや、王女様にしてあげようか。

ここからウトナイ湖まではわずか7キロメートルほどだ。あっという間に到着してしまった。そこには初めて見る小洒落た道の駅の施設が建っており、その奥にウトナイ湖の湖面がチラッと見えた。と、その奥に別の建物が見えた。「野性鳥獣保護センター」と書いてある。こちらの方は人っ子一人いないし、既に閉館している。この施設専用の駐車場もある。道の駅よりも、はるかに静かな環境だ。

「ここに泊まろう、こゆき」

センターの奥は、どこまでも続いていそうな林になっている。こゆきを連れ出すと、そちらの方向へグイグイとリードを引っ張る。早く行きたくてしかたない様子だ。ここならフリーにしても、迷惑をかけることもない。リードを外すと、こゆきはミサイルのように走り出す。ハンノキの林の中、草をかき分け、枯れ葉の大地を疾走する。ダッシュで遠ざかっては、ダッシュで私の元へ戻ってくる。それを何度も繰り返す。納沙布岬でのこゆきとは、別の犬のようだ。私も気分がよく、林の奥まで歩き、行き止まりの広場でまた、こゆきと戯れた。30分、1時間と時が流れていく。なのにこゆきはまだ帰りたがらない。ここに連れてきてよかったと、楽しげなこゆきを見ていると心底そう思った。

やがて日が落ちかかり、冷気が体を包みこむようになって、ようやく私とこゆきは、こゆたま号へ戻った。

こゆきの足を拭いて中へ入ったが、やはり湖は見ておきたい。ここではこゆきを車内に残し、私一人でウトナイ湖へ向かった。

夕暮れのウトナイ湖は、昔とちっとも変わっていなかった。道の駅も営業を終え、無人になっている。深い青をした湖に、静かなさざ波が立つ。一羽のマガンが湖面を飛び立ち、オレンジ色の空へと消えていった。ヒシやタヌキモなどの水性植物がゆらゆらと揺れ、マコモやヨシの群落がサワサワと幽かな音をたてる。

真新しい遊歩道が、湖に沿って造られていた。湖面を渡る風は、雪原を吹き抜けてくる風よりもずっと柔らかい。まるで薄絹の吹き流しに全身をなでられているような心地よさだ。私の靴音がもぐもぐと木道に響く。自分の足音を聞いたのは、この旅に出て初めてのことだった。それだけここまで、ゆとりのない旅だったということか。

頭の上を旅客機が通過する。新千歳空港を飛び立った飛行機だろう。いったい、どこまで飛んで行くのだろうか。

今、私の心はとても静かだ。爽快なまでに静かである。若いころに抱いた情感とは、また少し違う気がする。今はこの静かな心の中に、自分が歩いてきた道を重ねることができるとでも言えばいいのだろうか。風景を見ているのではなく、風景を通して自身を見ることができるようになった。ようやく、そこまでたどり着いたのだと思えるようになった。そんな気がする。歳を積み重ねることによって生まれる喜び……と言ってしまうのは、少々浮薄に過ぎるだろうか。しかし、この湖の畔に佇んでいる今、初めて「この旅に出てよかった」と思っているのはなぜだ。それは分からない。しかし、そんなことを考えている自分は嫌いじゃない。少なくとも、後ろばかり見てため息をついている自分よりは、数段カッコイイと思うのだ。

この夜は、近くの道道を走るトラックの音も気にならなかった。明日は本州に戻る。

7．陸奥の旅へ【悲劇の中で】

翌日、フェリーに乗りこむと、こゆたま号は2階のフロアに上げられた。なぜか奥ではなく、中央部付近に停めるよう指示される。するとその後、1台も上がってくる車がない。いかにシーズンオフにしてもこれはひどい。ワンフロアーに1台きりなのだ。

「じゃあな、行ってくるから。いい子で待ってなさい」

ドアを閉める私を見つめる目が、いつもよりずっと不安げだった。これから8時間半の船旅が始まる。

館内はとにかくすいていた。私の指定された二等船室は、30名ほどが入るブロックに区切られているが、ここは私の貸し切りだった。館内の散歩がてら、他のブロックも見て回ったが、全ての船室を合わせても、6～7名しか確認することができなかった。こんな状態で採算が取れるのだろうかと、フェリーに乗る度に同じことを考えてしまう。

9時半の出航だった。それにしても、何もすることのない8時間半は長い。テレビはつまらないし、本も読み続けていると気持ちが悪くなりそうでその気になれない。眠れそうで眠れないし、眠ってしまえば夜に眠れなくなりそうだ。高い料金を払って、こんなつまらない思いをさせられるのか。

デッキに出てみた。風は思ったほど冷たくなかった。海面を見つめていると、小さな泡が生まれては消えていく。

「今見ているあの泡とオレの視線が出会う確率って、どれほどのものだろう」

などと考えてしまう。私は子どもの頃から、そんなことを考える癖がある。停車した電車の窓から、線路際に生えている草を見て、「ボクがあの草を見つめる確率って、何パーセントぐらいなんだろう」などと、よく考えていた。ある時、そのことを父親に伝えたら、鼻で笑って歯牙にもかけない様子だったことを記憶している。

海のうねりは見ていて恐ろしくなる。吸いこまれそうな気もするし、持ち上げられてひっくり返されそうな気もする。冬の掛け蒲団程度のうねりでも、そんな恐怖感がある。それが数十メートルもの高さになって襲いかかった土地へ、これから私は向かうのだ。

この船には「展望風呂」がある。暇でしかたがない、などというぜいたくを抱えこんだ私はここに3回も入ったが、そのいずれもが貸し切り風呂だった。

「展望風呂」という限りは、展望がよくなくてはいけない。しかしこの展望風呂の窓には、海の塩分が結晶になって白くこびりつき、あまり眺めがよくない。思いきって露天風呂にしたらどうじゃろ。

【長らくのご乗船、誠にありがとうございました。本船は間もなく八戸港に……】

うぐいすのような女性の声で、下船案内が始まる。と同時に、ロビーに集まる乗客たち。これでこのフェリーにいったい何人の乗客がいたのかが分かる。

1、2、3、4……。11名だった。「へえっ」という思い。「こんなに少ないのか」という思いと、「こんなにどこにいたんだろう」という思いが交錯する。再会したこゆきは、異常なまでに興奮して執拗に私の手や顔をなめまくった。

「楽しかったか、フェリーは。もう一回、戻るか?」

意地の悪い飼い主である。2階のフロアから降りていいと許可が出るまで、かなりの時間がかかった。何しろこのフロアに1台きりだ。もしかして、ここにいることを忘れられて、ゲートを閉められてしまったらどうしよう。そのことに誰も気づかずに苫小牧へ戻ってしまったら、運賃は向こう持ちだろうかと、また妄想癖が頭をもたげそうになる。

小半時ほどしてようやく下船許可が下り、外に出たときには港は既に夜の気配だった。

さあ、ついに本州再突入である。

この日の宿泊地は、ここから一番近い「道の駅・階上《はしかみ》」と決めてある。途中で8時間半も頑張ったこゆきのために、ごほうびとして、スーパーで一番安い肉を買った。

まったく、飼い犬思いの飼い主だなあ。

「道の駅・階上」までは、ほんの20分。そこは、幹線から外れた静かな環境で、車中泊にはもってこいの場所だった。広い芝生もあって、こゆきも大喜びだ。狭い車内に長時間閉じ込められていたこゆきは、芝生の上を野ウサギのように跳ね回った。

その時、道の駅の裏で片付けをしている男性を発見。

「すみません。水を頂いてもいいでしょうか」

「ああ、いいですよ。ここで汲んでください」

こゆたま号には、20リットル×2の生活用水が入る。これを使うのは、手洗い、顔洗い、食器の簡単な水洗い程度である。口から入る分はペットボトルの水を利用する。それからこゆたま号には水洗トイレがついている。そのための水も、時々こうして補充しなくてはならない。ひとこと断ればたいていの場合、快く応じてくれるものだ。生活排水は、70リットルのタンクがキャンピングカー本体に設置されている。時々コックをひねって、しかるべき場所で適切に処理をすればよいのである。

本州再突入のこの夜は、昼間何もしないでゴロゴロしていただけだったせいか、少しも眠気がやってこない。私の平均睡眠時間は、およそ5時間半。それが旅に出てから7時間近く寝る日も多かった。しかしこの日の夜は、ちょっとやそっとじゃ眠れそうにない。「羊の数を数えると眠くなる」と思うほどの御幣担ぎではないので、代わりに犬の数を数えてみた。「同じことやんけ」とも思ったが、犬のご利益か、いつの間にか眠ったようだ。しかし結局、5時過ぎには目を覚ましてしまった。そのまま顔を洗い、テレビをつける。この日は東日本大震災の被災地に入っていく。そうか。そのことの緊張があるのかも知れない。震災が起きてから、もうずいぶん時が流れてしまった。もっと早くに来るべきだったのかどうか、今でも自分の中で結論が出ていない。

国道45号線を走る。普代《ふだい》村、田野畑《たのはた》村、小本《おもと》と、次第に被災地の色が濃くなってくる。道路工事が目立つようになってきたのは、もっと手前の種市《たねいち》あたりからか。復旧工事は着々と進んでいるようにも見えるが、これが本当に着々なのか遅々としてなのか、それは私には判断がつかない。

「道の駅・たろう」は混雑していた。というより活気があった。この駅は、高台にあるため津波の直撃は免れたようだ。ここを見る限り、人々の気持ちはしっかりと前を向いているように思えた。ここで簡単な昼食を摂り、先へ進む。

45号線を左に折れて海に向かう目の前を三陸鉄道が横切ったのを見た時には、何だか無性に嬉しくなった。ごく最近、復旧したばかりの路線だ。ベージュの車体に赤と青のラインがとても頼もしく思えた。

その陸橋をくぐり、まずは、「復興商店街たろちゃんハウス」に向かう。ここは、震災で大きな被害を受けた田老《たろう》地区の高台に建つ、仮設店舗の商店街だ。22の店や事務所が入居しており、復興を目指す田老地区の中心を担っている施設なのだという。

この周辺には多くの仮設住宅があり、そこで被災した人々が不自由を強いられながら生活している。私はこの商店街に来て、災害の爪痕を少しでも実感しようと思っていた。けれど何だか心が重い。その原因の一つに、私がキャンピングカーでここに来ているという事実がある。キャンピングカーといえばどうしても、ぜいたくな遊び道具というイメージがある。私はその〝ぜいたくなレジャーツール〟に乗って、この被災地に乗りこんでいる。物見遊山、野次馬根性……。そんなつもりはカケラもない。しかし、私はどうしても、キャンピングカーでここに来ているという負い目を感じてしまうのだ。まるで火事場に折りたたみ椅子と缶コーヒーを持ってきてしまったような、後ろめたさを感じてしかたがない。カメラを向けても、だれかの視線を感じてサッと引っ込めてしまう。車から降りて、あたりを歩く勇気もない。けれど、それでは本当の物見遊山で終わってしまう。自分も表現者の端くれなら、事実をしっかり見つめ、折を見てそれを外に向かって発信すべきではないのか。そんなことは百も承知だ。ならばこの罪悪感はいったい何だ。

私の心が方向舵を失った飛行機のように揺れているその時、一人の男性が現れて、目の

甦った三陸鉄道――この車両が、悠然と「こゆたま号」の前を横切ったときには、思わず「じぇじぇじぇ～!」と、叫びそうになった。復興の一端が形として確認出来た光景だ。リニアよりもかっこいいと思った。

前の軽ワゴン車の掃除を始めた。私よりも少しばかり年上だろうか。鼻歌を歌いながら、水洗いのためのバケツを用意している。私は思いきってドアを開け、その男性に近づき、声をかけた。

「きれいになりますね」

もう少し、ましなセリフはなかったのか。

「まあね。これしか残られなかったから、大事にしないとね。どちらから？」

野田です、と言いそうになり、あわてて「千葉の野田です」と言い直した。このあたりで野田と言えば、どうしても「野田村」と思われてしまうだろう。

「そうですか、ワンちゃん乗せたキャンピングカーでね」

一瞬ドキッとしたが、それは思い過ごしだった。

「そんな遠くから、ありがたいことですよ。キャンピングカーだと後ろめたい？　なに言ってるんですか。そういうクルマにこそ、気軽に来てもらえるようにしたいんです。まだ『被災地に行っちゃ申し訳ない』なんて思ってる人が多いんですよね。それは反対ですよ。どんどん来てもらわないと、復興にならない。へんな遠慮をされると、哀れに思われてるみたいで、そっちの方がずっといやですね」

その言葉を聞いて、ホッとした。少し離れた場所で女性たちの笑い声が響く。数えると7人。ジーセブンか。うんにゃ、バーセブン……。いやいや、これは失言。

「ご苦労は多いでしょうね」

「そりゃ、多いですよ。でも相手が自然じゃしょうがない。ご先祖様たちも同じ目にあってきてそれを乗り越えてきたんだから、私たちだっていつまでも、下向いてたってしかたない。そのためには、元気じゃないとね。私だって、老け込んじゃうわけにゃいかないですよ。やることは山ほどあるし」

　男性は、顔をしわくちゃにして笑った。

「失礼ですが、おいくつですか?」

「まだ68。力仕事だってバンバンやります。だから女の人たちから頼りにされちゃって」

　そう言ってまた笑う。なんというたくましさ。それに比べれば〝オレも黄昏か〟などと、一人感傷に浸っている私など、ひと吹きで消し飛んでしまいそうだ。

「それにしてもまたキャンピングカーが来てくれるようになったなんて、嬉しいですよ。震災前はけっこう見かけましたからね。あのころにちょっと近づいてみたいで、なんかいいですね。ホント、嬉しいですよ」

　そう言って、運転席にいるこゆきに、「オウッ」と手を挙げる。その後、自分のワゴン車に雑巾をあてがいながら、こうも言った。

「キャンピングカーほど立派じゃないけど、このワゴン車が残って、いゃあ、本当についてた。だから、こいつは大事にしないとバチが当たる。何しろあとはみんな持って行かれちゃいましたからね」

休めていた手を再び動かし始める。帰り際には何と声をかけようか。「それじゃ」では素っ気ないし、「頑張って下さい」も適切ではなさそうだ。少し迷ってこう言った。

「また来ます」

男性は軽く手を挙げて、3度目の笑顔を見せた。

この日は定休日なのか、食堂は開いておらず、結局ここでは金を一銭も落とせないまま、先へと進むことになった。ここは観光客相手の商店街ではない。土産物店などはなく、あくまでも同じ敷地内にある仮設住宅や、近隣住民のための仮設店舗である。だから私が来たのは、やはり場違いだったのだ。あの男性はそれをわ分かった上で、私と普通の会話を交わしてくれた。ありがたいのはこちらの方だと思った。

「田老の防潮堤」は、世界最強と言われていた。「万里の長城」とも言われるその防潮堤は、高さが10メートル、総延長2・5キロメートルもあるコンクリートの城壁だった。それが破壊されたという事実を、私は自分の目で見た。信じがたい自然の脅威だ。町はほぼ根こそぎ奪われ、そこで多くの人たちが生活していたことすら想像させない。

そんな中に、「たろう観光ホテル」が、津波の凄まじさを残したまま、建っている。高さ17メートルの津波によって4階までが浸水し、2階以下がはぎ取られて鉄骨だけになった姿を残しているのだ。ここで私はいやなものを見た。

レンタカーで乗り付けたのだろう中国人の観光客5人が、ホテルをバックにピースをしたり、地面に寝そべったりしながら写真を撮っていた。〝笑顔で〟などというレベルではない。大声ではしゃぎながら、まるで遊園地にでも来ているようなふざけ方をしている。いったい、何をしちょるのか。いくら外国語に疎い私でも、その言葉が中国語であることははっきり分かった。彼らだって、ここがどういう場所だか知らずに来ているはずはない。けれど、その近くで復旧工事をしている人々は、怪訝そうな顔をすることもなく、黙々と作業を続けている。こうした輩もやってくるであろうことは、織り込み済みということなのだろうか。ここで仮に私が眉間に皺を寄せて詰め寄ったとしても、言葉が通じないのでは、何の解決にもならない。私の知っている中国語といったら、「シェイシェイ」とか「サイチェン」とか「ウオアイニー」。あとはマージャン用語くらいなもの。けれど、それだけじゃまったく会話にならん。くやしいけれど、言葉の壁はあまりにも高い。私には、一刻も早くこの場を離れることしかできなかった。諸君よ、そんなにやりたきゃ、気の済むまで永久にピースをしていればよろしい。食事もせず、トイレにも行かず、是非とことん頑張って頂きたい。本来なら、「バーカバーカ、おまえのかーちゃん、でーべそ!」など と古典的な悪口の一つも言ってやりたいところだが、そこは日中関係を考慮し、聞こえないようにつぶやくだけにした。

胸くその悪さを吐き出すために、田老の景勝地に向かうことにした。その代表格が、

「三王岩《さんおういわ》」だ。田老の海岸線にそびえる三つの岩。一番高い「男岩」は、高さが50メートルもある。当然ここにも悪魔の津波は押し寄せただろうが、三つの岩は堂々たる貫禄でそびえていた。

ここから45号線に戻って「宮古」へ向かう。浄土ヶ浜《じょうどがはま》の現状が気になったのだ。ここが津波によって大きな被害を受けたことは、ニュースの映像で何度か見ていた。白い針のような奇岩が連なり、それが白砂青松《はくしゃせいしょう》と絶妙のコントラストを見せるこの地を、先人は極楽浄土のようだと言い伝えた。過去に一度だけ訪れたことのある私は、その非日常的な空間に心を奪われた記憶がある。それが希有の大津波によって変わり果てた。一方で着実に復興の道を歩んでいるとの声も聞く。その実態を、自分の目で確かめたくなったのだ。

ビジターセンターの階段を降り、ボート乗り場を通過。この場に似つかわしくないアップテンポのはやり歌が大音量で流れている。

私は観光地を訪れたときにしばしば思うのだが、日本の観光地はどうしてこう、場の雰囲気に合わない陳腐な演出をしたがるのだろうか。静かな自然の中にある茶店から流れる激しいリズム。ひなびた雰囲気の温泉にある黄色い蛍光色ののぼり等々。

私の二人の子どもがまだ小学校低学年の時、家族で富士山に登った。そこでは八合目から見る夕日の美しさ、自然の雄大さをこどもたちに味わわせることができた。と、視線を横に向けたところ、目に飛びこんできたのはショッキングピンクの、「のりピーちゃんハウス」とマンガ書体で書かれた大きな看板だった。興ざめどころの話ではない。新国立競技場が周囲の景観をこわすという理由で5メートル低くしたのはいいが、ならば富士山頂の自動販売機をどうにかしてはどうか。日本橋から空を奪った首都高速道路は、あのままでいいのか。高度成長期にどこかへ置き忘れてきてしまった〝調和の意識〟を、そろそろ取りもどす時期に入ってきているんじゃないでしょうかね。

苔のむした海岸縁を通過し、トンネルをくぐって浄土ヶ浜に向かう。途中の岸壁にはまだ崩れたままの箇所が残っていた。

「おっ、変わっていない!」

浄土ヶ浜は生きていた。壁と柱だけを残して流されてしまったというレストハウスは、見事に建て直され、大型バスも横付けされていた。一時は茶色く変色してしまったと言われた青松も本来の色を取りもどし、三陸海岸を代表する景勝地、浄土ヶ浜は息を吹き返しつつあった。こゆきには少々留守番をしてもらうことにして、人のほとんどいないこの場所でゆっくりとした時間の流れを楽しんだ。

人のいない浄土ヶ浜は、打ち寄せる波の後だけがかすかに聞こえ、海鳥が海面をよぎっていくだけの世界だった。こんな場所に一人でいると、本当にここが〝浄土〟のように思えてくる。ゆっくりと流れていた時間がここでは止まっていたとすら思えた。

私ほどの年齢になってくると、知人の中にも、自分の体が自由に動かせなくなる者が現れ始める。そうなると、こんな風景を楽しむことも当然できなくなる。健康体であると言うことは、本当にありがたいことだ。例えば「浄土ヶ浜に立ちつくす」というような何もしない時間を楽しむことができるのは、健康であればこそだ。健康でなければ、何もしない時間は苦痛そのものだろう。時間がゆっくり流れることに、きっといらだちすら覚えることだろう。健康でさえあれば、それだけで既に幸せの90パーセントを手に入れている。私はいつもそう思っている。今の自分は健康だ。それだけでも感謝しなくては。妻に、家族に、宇宙のリズムに感謝、感謝……である。

およそ1時間半後、こゆたま号に戻ってアクセルを踏むと、すぐにこの日の宿泊地点に到着。「道の駅・みやこ」だ。納沙布岬での〝こゆきの反乱〟がなかったら、間違いなくさらに南下を続けている。けれどもう、急ぎ旅はやめた。こゆきと共有する時間をもっと楽しむのだ。

走り出して10分ほどで目的地に到着。クレーンがいくつもその鎌首をもたげている。ここ「道の駅・みやこ」も津波で全壊した。それから2年4ヶ月。2013年7月にリニューアルオープンした。愛称は「シートピアなあど」。

確かに施設は見事に新築なったが、周辺の復興はまだまだである。2階のレストランで食事をしたが、目の前に広がる光景は、クレーンの鉄骨とコンクリートブロックの山である。本当の復興はまだ先のようだ。

食事の後、こゆきと埠頭を散歩する。見上げるような大男のいかついおっさんが、片手に「ワンちゃんバッグ」を持って、チワワを散歩させている姿が微笑ましい。

道の駅は、宮古湾に面した埠頭に建てられている。【ソフトクリームを食べられる方は、カモメに取られる恐れがありますのでご注意ください】との注意書きがある。私も「海のめぐみ」なる塩味のソフトクリームを手にしていたので、物欲しそうなこゆきと目が合わないようにしながら、大急ぎで口の中に押しこむ。注意書き通り、数羽のカモメが急降下してきた。どうもアイスクリームではなく、コーンの方をねらっているようだ。ここでこゆきが、カモメに向かって「ワン」と吠えた。そういえば、ほぼ1ヶ月前に旅に出てから、これが最初の「ワン」ではないだろうか。

こゆきは無駄吠えを一切しない。散歩をしていて吠えたことは、これまでただの一度もない。こゆきが「ワン」と吠えるのは、わが家に見知らぬ人が侵入、または訪問してきた時だけである。散歩で行き会う犬の中には、通りかかる犬の全てに向かって攻撃的な吠え方をするヤツがいる。あれには飼い主もさぞかし手を焼くことだろうと、気の毒になってしまう。ただし、こゆきにも困ったことがある。相手に応ずることなく静かに通過するのはいいのだが、尻尾を下げて通りすぎるのだけは、みっともないのでやめてほしい。「ほれっ、ちゃんとシッポを上げげんかい！」と、尻を叩きたくなる。

埠頭の先端に立つと、目の前は稜線がそのまま海に落ちていく小山になっている。

「柴ちゃんですか?」

いきなり声をかけられ、振り向くと一人の中年女性が笑顔で立っていた。

「はい、柴です」

「女の子?」

「はい」

「いくつですか?」

「4歳になったばかりです」

と、ここまで何度も再生してきたボイスレコーダーのような会話が始まる。しかしここからは、いつもの会話とは少し違った。

「うちも、柴を飼っていたんですよ。5歳の男の子でしたけどね」

過去形の言い方から、津波の犠牲になったのだろうということは、容易に想像がついた。

「人間が逃げるのが精一杯でね。どうしようもなかったんだけど、かわいそうなことをしました。『テク』っていう名前だったんです」

そう言ってこゆきの頭を何度もなでる。こゆきは少しも動かず、されるがままだった。

私は必死に言葉を探したが、なかなか適切な言葉は出てこない。こんな時は、こゆきのように沈黙したままでいたくなる。やっとのことで、一つの言葉を探り当てた。

「そういう動物たちって、たくさんいたんでしょうね」

「そうですね。津波の犠牲になったり、飼い主が避難してしまって、そのまま飢え死にしてしまったり。わたしたちもその数は知りませんけど、犬や猫や鳥とか牛とか、全部合わせたらたいへんな数になると思いますよ。うちのテクは、津波にやられたんです。飢えたり喉が渇いたりして苦しみながら死んでいくよりはよかったかな、なんて思ってるんです」

女性は、自分に言い聞かせるようにそう言った。

「なんて、これは娘に言われたんです。私が一番落ちこんじゃったんですけど、家族がみんなで立ち直らせてくれました。テクに笑われちゃいますよ」

「すみません、つらいことを思い出させちゃったみたいで」

声を出して笑ったけれど、その目は笑っていなかった。

「いえいえ、こっちから話しかけたんですから。……ワンちゃんと二人で旅をしているんですか？　ああ、あのキャンピングカーで。いいですねぇ。あんたは幸せねぇ」

そう言いながら、今度はこゆきの耳の後ろをコリコリとかいた。これは、犬を飼っていた人にしか分からない犬のツボだ。こゆきもそこをかいてもらうのが大好きである。こゆきがこんなふうに、初対面の人間から耳の裏をかいてもらうようになるなんて、これは奇跡だ。

「この子、テクに似てるわ。また飼いたいなぁ」

ここで私は、実に聞きにくいことを口にした。

「失礼ですが、今は仮設で？」

「去年まで。何とか資金の都合がついたので、小さい家を建てました。ちょっと高い場所なんですけど」

「だったら、もう一度犬を飼ったらどうです？　きっと毎日に張りが出ますよ。私はこいつと一緒に日本一周してきて、もうすぐゴールなんです」

女性は、「へえっ」と小さく声を上げて、こゆきを見つめた。

「そうなの。よかったわね」

そう言って、こゆきの頭をグルグルなでる。私は少し声のトーンを上げて、もう一度同じことを言った。

「飼ったらいいですよ。テクくんの分まで可愛がったらいいじゃないですか。絶対に毎日が今以上に楽しくなりますって。私もこいつと日本を回って、とても楽しかったです。楽しいし、自分もまだまだやれるな、なんて気持ちにもさせてくれたりね」

この言葉は余計だったかも知れない。言った後で妙に気恥ずかしくなった。

「そっか。……やっぱり飼おうかなぁ。あとで家族と相談してみようかしら」

女性の目が、さっきまでとは違っていた。飼ったらいい。飼った方がいいさ。犬は本当にかわいいし、人間に生きるエネルギーをくれる。

「今日は、キャンピングカーでここに泊まりですか?」

「ええ、そのつもりです。静かそうですし」

「静かですよ。津波が来る前から、ずっと静かでいいところでしたよ。それじゃ、お気をつけて。ごめんなさい、呼び止めちゃって」

それだけ言うと女性は、一台のワゴン車に向かって小走りに戻った。中に乗っているのはきっと家族なのだろう。家族……。

そう言えば、ここまで妻からのメールについては書いてこなかった。それは、毎日欠かさず送られてきた。内容はどうでもいいことばかり。「スーパーでいいトマトが買えた」だの、「雨で洗濯物の乾きが悪い」だの、そんな情報はあまり必要だと思えない。けれど、そんな中に「野菜を摂っているか」「走りすぎてない?」など、ちらほらと心配のカケラが舞っていることもある。そしてそんなことが、実は私の支えになっていたりするのだ。

女性は助手席で軽く頭を下げた。こんな出会いがあるのも、私がこゆきを連れているからだ。私が一人でいるところへいきなり声をかけられたら、かなり警戒してしまう。それ以前に、まず先方から声をかけてくることはないだろう。逆に犬を連れていない私が女性に声をかけても大いに警戒されるだろうし、下手をすると悲鳴を上げられるかもしれない。そうなったら大ピンチである。周防正行監督の映画、「それでもボクはやっていない」を地でいったらこれは大変だ。

夕方になって私は、こゆたま号を埠頭の先端近くに移動した。そこなら窓から宮古湾がよく見える。目の前に見える閉伊崎《へいざき》は、人を寄せ付けない秘境の雰囲気を持っていた。小高いのは「月山」という山だろうか。カモメがしきり鳴きながら飛び回っている。

夜のカーテンが下がりきってしまうと、あたりは闇に閉ざされる。3基の自動販売機から白い光がこぼれ、駐車している何台かの車を照らしていた。これは、車中泊をしている車なのだろうか。2台ほどの車の室内灯が点いている。

この埠頭では波の音が聞こえない。こんなに穏やかな場所にもあの大津波は押し寄せたのか。体を横たえると、「ここで寝ているなんて、いいのだろうか」という気持ちになる。いや、こうした気持ちを持つことが、地元の人に言わせると「かえって困る」ということになるのだろう。「たろちゃんハウス」で、あの男性がそう言っていたではないか。

夜も更けた10時過ぎころ、いねむりを始めたこゆきを置いて、外に出てみた。寒い。パーカーのフードを被り、敷地をひと巡り。やはり車中泊をしている車が数台ありそうだ。

堤防に腰を下ろし、夜の入江をぼんやり見ていた。月が出ているわけでもないのに、さざ波はいったい何の光をはね返しているのだろう。あちこちで小魚が跳ねているように、チラチラと白い腹を見せている。

予定では残り3泊。旅も終わりが近い。こんなタイミングで被災地へ来てもよかったのだろうか。みんなが一番大変だったころに来もせず、今ごろのこのこキャンピングカーなどでやって来て、結局は好奇心でしかなかったんじゃないだろうか。そんな思いが頭をよぎる。しかし待てよ。「たろちゃんハウス」の男性は、私がキャンピングカーに乗っていたことを喜んでくれた。さっき別れた女性も、もしかするとまた犬を飼って、充実した毎日を送るようになるかも知れない。そうなったら、ここに来たことで、私がだれかの役に立ったことになる。自分にはまだ、人の気持ちを動かすだけのエネルギーがある。

勝手な思い込みだ。しかしそう思ったら、何だかちょっとワクワクしてきた。

「オレって、まだまだいけるじゃん！」

トイレ近くの車のドアが開き、人が降りてきた。自動販売機で飲み物を買っている。やはり車中泊だったのか。知らない人でもいい。同じ空間に人間がいると思うと、それだけで安心感が強くなる。私は若いころからずっと、だれもいない時間と空間を楽しんできたように思う。けれど人とつながっていく旅もまたいいものだ。少しだけ、そう思うようになった。

8. アンナ【別れ】

静かな一夜が過ぎ、翌朝は空が白むころに目ざめた。窓を開けると、閉伊崎の稜線がくっきりと湾の上に浮かび上がっていた。

「春はあけぼの。やうやう白くなりゆく山際は、すこし明かりて、紫だちたる雲の細くたなびきたる」（枕草子）の歌が、ぴったりくる光景だった。などと、たまたま覚えていた数少ない古典を引用。それほどこの朝は気分がいい。

昨日もいろいろな意味で印象深い連中や人物と出会った。今日も何かあるかな？

この旅に出る前まで、各地でこれほど多くの出会いに恵まれるとは思わなかった。もっと、淡々と進む旅になると思っていたのに。予想外に変化のある、刺激的な旅になっている。

再び国道45号線に戻ると、朝から復興作業のダンプカーがひっきりなしに走っている。

道路も至る所で補修工事をしていた。

山田町《やまだまち》、大槌町《おおつち》、釜石市《かまいし》、大船渡《おおふなと》市と、どこまで走っても、目を覆いたくなる光景が延々と続く。言葉が出ない。〝爪痕〟などというものではない。まるで、巨大な金属の〝ヘラ〟で掻き出されてしまったかのように、跡形もなくなっている。そこがもともとの原野なのだか、それとも被災地なのだか、それすらも区別できない。コンクリート製の基礎が残っているのを見て、ようやくそこに建物が建っていたのだと気づく。そして、そこに町があったのだということを思い知るのだ。

大船渡で道を外れ、「碁石《ごいし》海岸」を目指す。やはりこの土地も、悲しいくらいに見通しがよくなってしまった。震災前は町中が人の声であふれていたのだろうに。土台だけが残った宅地後に、雑草が生い茂る。これから梅雨が来て、また夏がやってくれば、雑草が高く伸びた荒涼たる風景に変化していくのだろう。自然の生業とはいえ、あまりにも過酷な現実だ。私はこゆたま号を道の脇に停めて、その現実を深くこの目に焼き付けようとした。

碁石浜＝碁石海岸に着いた。こゆきと一緒に浜に出た。こゆたま号には、少し離れた場所で留守番をしていてもらうことになる。

この海岸の名所にも変わった様子はない。よかった。碁石海岸の景観は護られていたのだ。この浜の石は、碁石の黒石のように黒い。これが波に洗われるとまっ黒になる。その碁石も健在だった。浜にどっかりと腰をおろして、思い切り手足を伸ばす。私は天下の景勝地である碁石海岸まで独り占めに、いや、二人占めにしてしまった。

記録によれば三陸地方は、津波との戦いを繰り返してきた。１９６０年のチリ地震による津波。その前にも幾度となく地震による津波と戦ってきた。１９３３年の昭和三陸地震による津波。その前にも幾度となく地震による津波災害を受けているという。一説によると、過去３５００年の間に7回もM９級の地震による津波災害を受けているという。そのたびに人々は立ち上がってきた。そしてこの自然の造形物たちは、その津波を受け止めてきたのだ。自然は強い。そして人間も実に強い。そう、自然も人間も生来、強いものなのだ。人間はたたきのめされても再び立ち上がる強さ、そして自然はそれを真正面から受け止めて動じない強さを持っている。私だけが弱い人間であってたまるか！

【ハウン】と、こゆきが催促をする。さすがに飽きてしまったか。時計を見ると、ずいぶんとゆったりとした時を過ごしてしまったことが分かる。

「さて、帰るか」

こゆたま号へ戻り、こゆきを指定席に座らせる。私が地図とにらめっこをしていると、いつの間にどこから現れたのだろう、小学生の一団がこゆたま号の横を通りすぎようとしていた。

「あっ、犬だ！」

「本当だ、かわいい！」

3年生か4年生。そんなところだろう。こゆきに気づいた子どもたちが、背伸びをしてこゆきを見つめている。私は窓を開ける。

「さわってみるかい？」

その言葉にうなずく子どもたち。ドアを開け、こゆきを抱いて外に出す。

「わあっ、ふさふさ。かわいいね」

こゆきは見事に人慣れした。こんな光景、この旅に出るまで見たことがない。柴犬は警戒心が強く、家族以外の者には強い抵抗を示す、と犬の本には書いてあった。こゆきもずっとそうだった。というよりも、こゆきの場合は臆病から来る抵抗だった。それが今は見知らぬ子どもたちに体をまかせている。こゆきは旅の中で変わった。

「ありがとうございました」と大きな声で挨拶した後、子どもたちはそれぞれの家に帰っていった。そうか。もう下校の時刻なのか。

悲劇の中に、少しだけ明るい光を見つけた思いだった。

被災地の多くには、ピラミッドができあがっている。砂利と土のピラミッドだ。そのピラミッドと重機、多くの作業員にダンプカー。これが被災地に共通した光景である。けれど、そんな大船渡にも満開の桜が咲いていた。この不釣り合いなコントラストが解消するのは、いったいいつの日のことなのだろう。

道路から見える陸前高田《りくぜんたかた》には、もう何も残ってはいない。ここにも堆く積まれた土のピラミッド。あちこちで削り取られた痛々しい山肌を見た。山を削って土のピラミッドをつくり上げる。復興のためにはしかたないのだろうが、自然の力で破壊された人工物を、自然を破壊して再建する。……この流れに何とも言えない複雑な思いを抱くのは、根性がねじ曲がっているのか、はたまた単なる考え過ぎなだけなのか……。

気仙沼《けせんぬま》、南三陸町《みなみさんりくちょう》と、ニュースで耳の奥に染みついてしまった土地の名前。そこを無言で通過する。そう言えば「久慈《くじ》」に入ったあたりから、ラジオも音楽も消したままだ。到底何も聴く気にはなれなかった。

ようやく道が内陸に向かい、「道の駅・上品《じょうぼん》の郷《さと》」を目指す。ここは何度か来たことのある道の駅だ。到着すると、駐車場は満車に近い。キャンピングカーも数台、駐まっていた。日はまだ高い。こゆきをゆっくり散歩させ、駅の施設内を見て歩く。ここには農産物、土産物、レストランはもちろん、コンビニやガソリンスタンドまでそろっており、おまけに足湯と立派な温泉までが併設されている。ホールには震災伝承コーナーがあり、石巻《いしのまき》地方がどのように被災し、人々がどのように復興へ向かって歩き出したかがビジュアル的に分かるようになっている。さらに外の芝生には、津波で破壊された「国土交通省連絡パトロールカー」と、折れ曲がった「道の駅・大谷《おおや》海岸」の標示板が常設展示されている。

しばらくの間、こゆきと車内でのんびり過ごした。こゆきは私が「ガウガウ」と名づけたインドア遊びが好きである。私が両手の指を立てて、「ガウガウ」と言いながら、こゆきと戦いごっこをするのだ。この時だけはこゆきも勇ましく、「ガヴガウ」と、同じようになっては噛む真似や前足で戦いを挑んでくる。私がわざとらしく「痛い！」と言って手を引っ込めると、「ごめんなさい」というように、私が押さえた箇所を必死になめてご機嫌を取ろうとする。このスタンドプレイには何度やっても同じように引っかかるので、相手をしていてもおもしろい。

思い起こしてみれば、こんなふうにこゆきとたわむれる時間を、あまり大事にしてこなかった。日程をこなすことばかり考え、一日中走り続けたことも多かった。また走り終えればその日の日記を事細かに書いたり、持参してきた仕事をこなしていたりで、大切なパートナーとの時間を二の次にしていた。こんな私に文句も言わず（言っていたのかも知れないが）、よくここまでついてきてくれたものだ。突然愛しくなって、おやつをあげた。すると調子に乗って、またまたポケットに鼻を突っこんでくる。もうないっちゅうの！

ひとしきりこゆきと遊んだ後は、温泉に入ることとした。なにしろ2日間、風呂に入っていない。しっかり汗とアカを流してこよう。

ここの温泉は「ふたごの湯」という、なめらかな湯を持っている。この施設も罹災し、13日間の休業を余儀なくされた。その後は復興関連の工事関係者やボランティアの人たちが利用し、10月からは被災者に無料開放された温泉施設だ。

のんびりと湯に浸かった後は、今までなるべく控えてきた買い物をする。「金を落とすなら被災地で」という、軽佻《けいちょう》浮薄《ふはく》とも言われそうな行為だが、言いたいヤツは言っておけ。

ここで買いこんだ食材を使って、こゆたま号での夕食開始だ。私が食事をするとき、こゆきは当初、ご主人の食事場所に爆走して来られないように、ゲートを使って隔離した。落ち着いて食事ができないからだ。しかしこのごろでは、私の食事中に隣にいても、「今はご主人の食事タイムだ」とばかり、隣のシートでおとなしく座っているようになった。この旅に出て、変化・成長したのは私ではなく、こゆきの方だと思う。

ここは国道45号線と三陸自動車道がクロスしている地点で、決して静かな場所とは言えないが、何台かキャンピングカーが泊まっている安心感もあってか、するすると心地よい眠りにつくことができた。


翌朝も快晴だった。歯を磨きながらトイレに行く。朝から開いているコンビニで豆大福を買い、こゆたま号に戻る。と、どこからか音楽が聞こえてくる。音の出所を探ると、それはメインのエントランス脇からだった。一人の男性がオルガンを弾いていた。そこにこんな張り紙がしてある。《オルガン奏者「石川進（仮）」26年間路上演奏・仮設・開成団地住まい》。「浜辺の歌」を弾いていた。演奏の合間に声をかけた。

「ご苦労なさいましたね」

「ええまあ。でもオルガンがあるので何とか……。同じ仮設の方も、いろいろなお仕事に就かれてますよ。みなさん、すごいです」
「ここで演奏を続けてるんですか?」
「いえ、いろんな場所をお借りしています。たいていのところは、快く承諾してくださるので助かります」

みんなたくましい。そして優しい。これが日本人の姿のはずだ。けれど、そうではなくなってしまった者たちもいる。どんな人種がとは言わない。けれど、保身に走って日本人のDNAをどこかに置き忘れてしまった者たちもたしかにいる。そして困ったことには、そうした人間が日本を動かすポジションに数多くいることだ。政治、教育、文化、医療、あらゆる分野にである。私はここまでの旅の中で、日本の美しい風景や、人情の機微に触れてきた。しかし、時に陰の部分も垣間見た。なのにそれに対して、何もできない自分が歯がゆくもある。けれどまあ、ここで私一人が鼻息を荒くして、「おまえら、何やっとんのじゃあ!」とか「日本人よ、立ち上がれ。エイエイオー!」などと叫んでも、大した力にはならない。私は私の生き方を淡々と貫くだけ。そして思ったこと、感じたことを発信し、表現するだけである。私のやり方、私の生き方で。

この日は、どうしても行きたい場所があった。「牡鹿《おしか》半島」である。ここは数年前に訪れ、その風光明媚な景色と、人情の厚さに心打たれた場所である。

当時は「コバルトライン」と呼ばれる快適なルートを走り、輝くばかりの美しい風景に魅了された。そして半島の突端にあるホテルの温泉で入浴し、そこの支配人に駐車場での車中泊を願い出たところ、快諾してくれたばかりか、「こちらの方が落ち着きますよ」と、自ら裏手の駐車場へ案内してくださった。そして翌朝には、先方から挨拶の声をかけてくれるほどの親切を受けた。入浴しただけの客に、である。

「必ずまた来ます」と言い残し、近々再訪しようと思っていた矢先の震災だった。

石巻市もまた、無残な姿に変わっていた。見渡す限りの仮設住宅。一部、無機質な外壁が煉瓦色に塗られた住宅もあったが、それでも仮設は仮設だ。

しばらく走ると、牡鹿半島に進入する。前回は女川《おながわ》町から、美しい「コバルトライン」を走った。しかし今は通行止め。いや、今もなお通行止めである。震災から3年以上が経過しても、道路は損壊したままだ。私に土木的な知識はないが、この牡鹿半島は巨大地震によって、東南東に約5・3メートル移動し、1・2メートルも沈下したという。その補修というのが、どれほど困難を極めるものなのか、正直言って分からない。分からないが、早く復興して欲しいと願う気持ちに変わりはない。

南側、海岸沿いのルートを走る。港周辺はことごとく壊滅状態で、ねじ曲がった橋の欄干などもそのまま残されている。他の地区ではあまり目につかなかった、トレーラーハウスがやけに目につく。仮の住まいだろうか、それとも定住?

カメラを向けるのはどうしても、気が引ける。人のいない場所を見計らってシャッターを切った。半島の中では大きな港である「鮎川港」も姿を消していた。以前ここを訪れたとき、民家の庭先に干してあった魚を見て、「これは何という魚ですか?」と、尋ねたことがある。その場にいた地元の方に名前を教えていただいたのだが、どうしても思い出せない。ただ、「よかったら持って行くかい? うまいよ、これは」と、声をかけていただいたのを覚えている。残念なことに、冷蔵庫もクーラーボックスも持ち合わせがなかったので、丁重にお断りした。そんなさりげない親切を受けた場所でもあったのだ。それが今は民家や食堂の跡形もない。

半島の先端に、「おしかホエールランド」という、牡鹿半島屈指のレジャー施設があり、ここで捕鯨の歴史や文化を知ることができ、楽しく遊べるコーナーも充実していた。しかしこの施設も解体され、跡には空しく雑草が生えているのみになっていた。

内陸に入ってみると、「やきものの寺」と石造りの門柱に書かれた寺院があった。石灯籠などは倒壊したまま放置されていたが、その境内に咲く満開の桜が健気であり、また悲しくもあった。

先述したホテルは、金華山《きんかさん》を正面に見る絶好の場所に立っている。そこへ到着するまでに、工事中の道路を何ヶ所か通った。着いてみると、以前来たときそのままの姿で建っている。そこが高台だったことで、津波の難からは逃れることが出来たのだろう。

支配人を訪ねてみると不在だった。おそらく当時の話をしても記憶にないだろうが、建物共々無事にあることを確認できただけで、私は充分に満足だった。

ついで金華山の展望が最も良い、「御番所公園《ごばんしょ》」という高台に行った。真正面に金華山。目を右に向ければ、網地島《あじしま》、田代島《たしろじま》が一望できる見事なロケーションだ。こゆきをこゆたま号から降ろし、広い駐車場を走らせる。しばらく楽しそうに走り回っていたが、フッと金華山を正面にして立ち止まった。こゆきの目には今、一体何が映っているのだろう。

そこに1台の乗用車がやってきた地元ナンバーの車だ。念のため、こゆきリードにつなぐ。中から降りてきた男性が、じっと金華山を見つめてた。やせぎすで長身の男性だ。

「地元の方ですか?」

私が近づいて声をかける。

「ええ、もっと北の大原というところなんですけどね」

「そちらは大丈夫だったんですか?」

「津波はね。でも、地震でだいぶやられました。けれど、このあたりよりはずっといい」

「やはり、大変だったんでしょうね、このあたりって」

するとその男性が、金華山の方角を指さして言った。

「地震の前ね、ちょうど私はこの近くにいたんです。地震があってここへ来てみたら、ここから金華山までの海の水が全部引いて、陸続きになったんです。『地獄の釜の底』みたいでしたよ。これはすごい津波が来るなって直感したんです。急いで浜の方へ降りていって、『津波が来るから逃げろ』って言って回りました。それからすぐでしたよ、あの大津波がやって来たのは」

「その時は、どこにいらしたんですか？」

「津波の時は高台へ逃げろ、と昔から聞かされていたので、ここへ戻ってきました。人でいっぱいでしたよ。津波の波がね、こっちからとこっちからぶつかって、ドーンと大きく盛り上がるんです。すごい光景でした」

決して流暢な語り口調ではないが、現場にいた者にしか表現できないリアルな状況が、はっきりと伝わってくる。と、そこへもう1台の車がやってきた。キャンピングカーだ。少々小振りの「ライトキャブコン」と呼ばれるジャンルのクルマである。中から降りてきたのは、明らかに私よりもかなり年上の男性が一人。やはり同じように、じっと金華山を見つめている。こゆきは飽きてしまったのか、久しぶりに【ハウン】と鳴いて、耳の後ろあたりを後足でかいている。

「ここは、無事やったんやな」

関西弁についい、ナンバーを見る。京都ナンバーだ。

「京都からですか？」

「ああ、高速でずっと青森まで行ってな。そこから下ってきてるんよ。今日で9日目や。

そろそろ帰らんといけん。……港の方はだいぶやられてるんやな」

地元の男性が答える。

「三陸は何度も津波に襲われてるんですけどね。それでも代が替わると、単なる言い伝えになってしまうんですよね。『まさか、自分の代の時にそんなことは起こらないだろう』なんてね」

人間の危機感なんて、そんなものかも知れない。「自分には関係のない話」「まさか自分にそんなことはありえない」。たいていの人間は、そう思っている。詐欺に引っかかってしまった人も、直前まではそう思っているはずだ。ガンの宣告を受ける患者だって、おそらくは同じだろう。冒険家の植村直己などは、度重なる命の危機を何度も克服してきたことで、「自分は遭難などしないようになっている」と、心底思いこんでいたのではないだろうか。けれども、訪れるものは容赦なく訪れるのである。

「どっこを見ても同じ景色で、おもろないわ」

キャンパーの男性が唐突にそう言った。地元男性が苦笑する。私は反射的に口を開いた。

「もっと、壮絶な景色になっているって期待していましたか？」

すると男性は、ポツッと「そやない」とつぶやき、こう付け加えた。

「どこへ行っても、思ったほど復興が進んどらんのや。どこもぺったり、平らになってしまって。まだこんなもんなんかって、思ったんや。日本がやることにしては遅いわ」

そうか。そういうことなのか。何気なく見たライトキャブコンのボディに、大きなラブラドールのステッカーが貼ってあった。さっきはどうして気がつかなかったのだろう。

「犬連れなんですか？」

私の言葉に、キャンパーの顔が曇る。

「そのつもりだったんやけどな。先月、死んでしもうた。11歳4ヶ月。老衰やて」

そこで会話が途切れた。そう言えば、大型犬ほど短命だという。柴犬はそれよりも少しは長い。それでも14年程度の寿命だと聞いている。あと10年……。たった10年で、こゆきも死んでしまうのか。

こゆきを飼うずっと以前、わが家には〝アンナ〟という名の雌犬がいた。雑種である。娘がもらってきた生後1ヶ月にも満たない子犬は、家族の心、とりわけ私の心を強くつかんだ。玄関に段ボールを敷き詰め、布きれの寝床をつくる。わが家でのアンナの生活がそこから始まった。最初の夜、さみしそうにキュンキュンと鳴く声に堪えられなかったのは私だ。玄関に枕を持ち出し、そこでアンナと一緒に寝た。腹の中に回虫がいて苦しそうだった夜も私は玄関で寝た。タオルで遊ぶのが好きで、庭に出ると決まって私とタオル遊びをしたものだ。犬を飼うための知識がなかったため、好物のスルメをいつも与えていた。今思うと、あんなに塩分の多いものをよく与えていたものだとゾッとする。動物病院の医者がフィラリアの駆除に失敗し、強すぎる薬でアンナの体に大きな傷をつくった。回復に半年以上かかり、ずいぶんつらい思いをさせてしまった。

5月のある時、それまで体調を崩すと言えば、飲み過ぎと食べ過ぎぐらいのものだった私が、面倒臭い名前の病気に倒れ、病床に伏した。と、その日からアンナの食欲がなくなったのだ。私も体を起こすことができないほど、重い症状に身悶えする毎日が続く。そして1週間が経ったある日のこと。私の代わりにアンナを朝の散歩に連れて行った妻が、私の枕元で言った。

「こんな時に言っていいかどうか分からないんだけど……。アンナ、もうだめ」

何がどうダメなのだか、意味が分からなかった。妻が言葉を続ける。

「歩いている時に一度ふらっとなって、それからキュンと鳴いたの。それで倒れてそれきり……」

それまで体も起こせなかったはずの私だったが、ふとんを跳ね上げ、階段を駆け下りた。するとそこには、横になったまま、ピクリとも動かないアンナがいた。

〝アンナ！〟と叫んだ私は、反射的に台所に走り、そしてスルメを持ち出した。

「アンナ、スルメだ。大好きなスルメだよ。ほら、食え！」

けれどアンナは、大好物のスルメにも反応しなかった。抱き上げると、いつもの何倍もずしりと重かったのを覚えている。

私が倒れたその日からエサを食べなくなり、そして1週間後に死んだ。13歳だった。アンナは私の代わりに死に、そして私に生きる力をくれた。そんな気がしてならなかった。その時、生き物を飼うのはもうやめようと思た。生き物は死ぬ。それもおそらく、自分よりも先に死ぬ。こんな思いはもう二度といやだと思ったのだ。

私はアンナと最後の別れをすることもできなかった。妻の手に抱かれて戻ってきたアンナは、茶筒ほどの小さな箱に入れられていた。最後に抱き上げた時の、あの重さはもうない。コップ一杯の水よりも軽くなって戻ってきた。その箱を、アンナがよく遊んだボロボロのタオルにくるんで床の間に置いた。

それから私の体調は少しずつ回復し、数ヶ月後には再びパソコンに向かうことができるまでになった。家の外に出られるようになって、私が最初にしたことは、アンナを土に返すことだった。私、妻、娘、息子と家族みんなそろった場で、庭の木の根本にそっと埋めた。みんなの頬に涙が流れた。それからしばらく、私は空空として日々を過ごす。そして思ったのだ。もう、犬は飼わないと。

「それじゃ、温泉にでも入ってくるわ」

その言葉に、フッと自分を取りもどす。

「じゃあ、お互い気をつけて」

そんな言葉を残して、京都のキャンパーは去った。

「じゃあ、私も」

と、こゆきのリードを引く。そして、こゆたま号のハンドルを切った。

京都のキャンパーは、もしかすると傷心の旅に出たのかもしれない。本当なら、愛犬とこの旅に出るはずだったのだろう。それが突然の死。心の傷は決して小さくないだろう。犬と飼い主は、不思議な力と縁で結ばれる。アンナの死で、私はそう思うようになった。今、こゆきの死期を考えると、悪寒が走る。自分はその〝こゆきロス〟に堪えられるだろうか。元気いっぱいのこゆきを見ていると、こゆきだけは死なないんじゃないかと思ってしまう。けれどそれは幻想に過ぎない。確実にその日はくる。ならばせめて、「この人と一緒に生きて良かった」と思ってもらえるような日々を過ごしたい。

「たかが犬ごときに何を……」

と、笑う者は笑えばいい。犬との生活の充実感を知らぬ者は、いくらでも尻目にかけるがいい。とにかく、今の私はこゆきと生きていることが幸せである。

9. わが家へ【旅の終わりに】

牡鹿半島を離れた後は、奥松島へ向かった。松島の復興ぶりはテレビでも見て知っている。しかし、その人気の松島に隠れがちなこの地はどうだろう。

県道27号線を進み、奥松島の入口にさしかかる。

「ここは、特に被害はなかったようだな」

そう思ってさらに奥へ進む。と、たちまちあたりの風景が一変した。あまりにも見通しが良すぎる。道はむき出しの砂利道。そこをダンプカーが行き来する。ナビの画面を見た。コンビニ、ガソリンスタンド、公民館……。ナビに載っている施設が何ひとつなくなっている。ナビのデータが古いせいもあるだろうが、こんなことでもあの震災が現実のものだったことを痛感する。

左手に松林を見ながら走る。てっぺんを残して丸裸だ。そこまで海水が到達したことがよくわかる。国道方面に戻ると、仮設住宅がひしめき合う地域に出た。入口には「月浜《つきはま》民宿街」の歓迎アーチだけが、悲しいまでにきれいな状態で残っている。わたしがこゆたま号を空き地に停めてカメラを構えた。すると、仮設住宅の一画に集まって談笑していた中年女性の一人が、チラッとわたしの方を見た。それに続いて全員が私を見る。思わず手にしたカメラを下に降ろした。やはり、心のどこかに後ろめたい気持ちが潜んでいるのだろうか。何かに追われるような思いで、その地を後にした。

根こそぎなくなった奥松島に比べ、松島のにぎわいはどうだ。通りは人と車であふれ、商店も盛況だ。瑞巌寺《ずいがんじ》に詣でる人々の数も、震災前と変わりがないように見える。こゆたま号を停める場所を探すのに一苦労してしまった。やっと、一軒の土産物店の駐車場に停め、震災の様子を聞くことが出来た。それによると、被害は確かにあったが、松島湾の島々のおかげで軽微だったとのこと。道路沿いの商店や、瑞巌寺の参道などは海水と泥に覆われたが、復旧は比較的早く進んだということだった。隣り合わせた地域にあっても、地形の違いで被害の程度が大きく異なったのだ。

高架を走る三陸自動車道から見ると、仙台市内の被害も大きかったことがよく分かる。

ここも、根こそぎやられていた。八戸《はちのへ》に上陸してから、ここまでいったいどれぐらいの距離を走ったのだろう。走っても走っても、目にする景色が変わらない。この凄惨な光景に目が慣れてしまいそうで怖くなる。

道がいつの間にか、6号線に変わっていた。山元町《やまもと》あたりに差しかかると、車の数が目に見えて減ってきた。福島第一原発事故による避難指示区域が近くなってきたためだろうか。シャッターの降りている商店も多くなってきた。

（どこかで、こゆきのエサを買わなくては）

旅が長くなるにつれて、こゆきがいつものドッグフードを食べなくなった。そのため腹の立つことに、わざわざ肉を調理してドッグフードに乗せて食べさせているのだ。飼い主が食パンの耳をかじっているときにさえ、である。ところがなかなか食品スーパーが現れない。やっと見つけたのが、食料品も扱っているホームセンターだった。そこで何とかこゆき用の肉と、私用のコロッケ（何かおかしいとは思いつつ）を仕入れて、先へと進んだ。

進めば進むほど人影はなくなり、車も減ってくる。そうした中で到着した「道の駅・南相馬」だけには活気があり、ここだけが異空間のような気がした。

ここには、2013年B級グルメ「浪江《なみえ》やきそば」があるとの情報は持っていた。食堂に入って注文したのは、当然、その「浪江やきそば」だ。

太麺の焼きそばの上に、目玉焼きがドカンと乗った、いかにも〝B級グルメ〟といった感じの代物だったが、味はさすがにいい。あっという間に胃袋に収まってしまった。

さて、ここから先が問題だ。予定では行けるところまで行き、通行止めになったところで迂回するつもりだった。

「ここから先は、どこまで行けますか？」

食堂のスタッフにそう尋ねてみた。

「まだ先まで行けますよ。双葉町の手前あたりまで行けると思います」

そうか。それならそこで右折し、内陸に入っていけばいいな。そう考えて、こゆたま号を南に走らせる。

道の駅を過ぎてからの光景は、筆舌に尽くしがたい。ここまでの市街地のように、全てが撤去され、何もなくなっているというわけではない。その代わりに半壊した家々、つぶれて逆さまになったままの車、道路から転落しかけているトラックなどが、道路脇のあちらこちらに見られる。そう、あの日の惨状が、そのままの状態で残されているのだ。

さらに先へ進むと、また別の世界になる。津波の直接被害がなく、立派な街並みがそのまま残っていても、人も車もいない。広い交差点に差しかかっても、一台の車も通らない。まるでゴーストタウン。SF映画のワンシーンを見ているかのようだった。

なおも進む。と、ほどなくバリケードがあり、数人の警察官が赤い誘導棒を左右に振っている。大柄な女性警官だ。

「ここから先へは行けません。Uターンしてください」

と、指示を出している。

「どこまで戻れば、いわき方面に抜けられますか？」

「Uターンして、114号線を左折してください」

「そこは、道の駅よりも先ですか？」

「はい、先です」

その指示に従うほかにない。こゆたま号は大きく回頭し、今来たばかりの道を戻った。

「道の駅の先の114号線」。その言葉をインプットして、こゆたま号を走らせる。道の駅からここまで20キロメートル近くあった。結局、道の駅までは戻ることになるではないか。食堂のおばちゃんも、そうならそうとはじめから教えてくれればいいのにと、ついグチが出る。けれど、戻らなくてはならないことに変わりはない。20キロメートルをひた走り、そして道の駅に戻った。ここで今さら食堂のおばちゃんに文句を言うのも大人げないので、しばらくここで休憩。何だか力が抜けてしまった。それに、そろそろ夕暮れも近い。

その時ふと、ここへ来る途中に立ち寄ったホームセンターの駐車場が、やけに広かったのを思い出す。そこへ直行だ。

20分ほど走っただろうか、ホームセンターの駐車場に到着。まだ7時前だというのに、もう閉店のようだ。できればここは、許可を取って泊まりたい。裏手に回り込むと、片付けをしている店員らしき人影があった。

「すみません。さっきこちらで肉を買った者なんですが……。あ、コロッケも買いました。

三つも。それで今夜、こちらの駐車場をお借りしたいんですが」

するとその店員は、「少しお待ちください」と言って、荷物の搬入場所のような入口から中に入った。そして、中堅社員ふうの男性と一緒に戻ってきた。黒縁のメガネが似合っている。私は免許証と名刺を差し出す。男性はそれをちらっと見たあとで、こゆきの方をじっと見た。

「ワンちゃんと一緒ですか。へえ〜いいですね。うちも犬、飼ってますよ。雑種ですけどね。……このキャンピングカーですか。泊まるのはいいんですが、夜はチェーンをかけますよ。トイレもないです。それでもよければ使ってください」

「トイレは持参してきてますから大丈夫です。助かります」

こうしてめでたく、この日の宿も確保した。もしかすると、ここでも親善大使としてのこゆきが、無言の働きをしてくれたのかも知れない。

6号線という、ひとケタ国道の脇にしては、異常に静かな夜だった。私は通常、ひとケタ国道を避けて車中泊をする。それは当然のことながら、車の往来が多いからである。大型トラックが通過したときなど、車全体が揺れることもあって落ち着かない。しかし、6号線のこのエリアに限っては、それが当てはまらない。直進できないことを知っていて、別のルートを取るドライバーが少なくないのだろう。

「こゆき、今日を入れてあと2泊だぞ。きれいにして帰らなくちゃな」

私はこゆたま号のポーチを点して、こゆきにブラシをかけた。この時期は、犬の換毛期である。とにかくよく毛が抜ける。ほとんど毎日ブラシをかけているのに、連日山のように毛が抜ける。どうして丸裸にならないのか、不思議なほどだ。狭い車内でずっと一緒に生活をするのだから、この作業は私自身のためにも欠かせない。ところが最近、生意気にも防御策を開発しやがった。特にいやがるのが腿や尻、尻尾などだ。ブラシがそのあたりに接近すると、しっかりとおすわりをして、「ここからはだめよん」という態勢を取る。そこから飼い主と犬の、一大攻防戦が始まるのである。

車内にはコンパクト掃除機も、空気清浄機も積んである。換毛期に愛犬と旅をするには、必需品だと私は思う。ちなみに毛の抜けやすい犬種は、柴、パグ、キャバリアなど。逆に抜けにくいのは、プードル、シュナウザー、マルチーズ、シーズーなどだそうである。

ブラッシングは、面倒と言えば面倒だが、犬と直接触れあえる絶好の場面だとも言える。その時に大切なのは、たくさん話しかけてやることだ。もちろん言葉の意味は解さないが、重要なコミュニケーションの手段だと私も実感としているし、ドッグトレーナーなども、同じようなことを言っている。

ポーチの明かりの下でこゆきを見た。こゆきもじっと私を見ている。そういえば、旅に出てからのこゆきは、私の顔をじっと見ていることが多いように思った。旅の中で撮った写真を見返してみると、セルフタイマーで撮った時など、私の顔をじっと見上げていることがとても多い。ただし、納沙布岬で撮った写真には、そうしたものが1枚もない。飼い主の顔をじっと見るのは、「大好き」とか「頼りにしてます」と思っている時に限られるのかも知れない。


翌日はまず、昨日の「道の駅・南相馬」方面に向かい、その手前にあるはずの国道114号線を探した。しかし、そんな標示はない。あったのは112号線だ。

「あの警察官、114と112を間違えて教えたな」

これがまたグチのタネになる。112号線をまっすぐに走っていくと、道が次第に細くなり、山坂道になってきた。

「本当にこの道でいいんだろうか」

不安になって、こゆたま号を左に寄せて停め、地図を確かめる。すると、国道114号線は、昨日Uターンさせられた場所のすぐ近くではないか。何が「道の駅よりも先」なんだ。警察官の指示間違いだろうか。けれど地図によると、私が今走っている道は、県道12号線。112号線ではない。こちらの方は、私の確認ミス？　しかしこの道を通っても、いずれはいわきに到着できるはずだ。このまま行こうとアクセルを踏みこみ、峠道を上る。それにしても長い山道だ。それにカーブもきつくなってきた。

峠を下り始めて間もなく、こゆきが【ハウン】と鳴いた。（トイレだな）と、直感的にそう感じた。普段のこゆきは、朝と夕方の2度しかトイレをしない。しかしたまに、イレギュラーな尿意が襲ってくるらしい。以前はそれに全く気づいてやれず、かわいそうなことをしたが、このごろでは【ハウン】のイントネーションで、それがわかるようになってきた。「水が欲しい」、「トイレに行きたい」、「走り回りたい」、「そばにいたい」などの違いが、何となくわかる。まあ、こゆきにすれば「違うんだってば！」と、イライラすることがあるかも知れないが。

道路脇の空き地にこゆたま号を停めて、散歩を兼ねたトイレタイムだ。

（やっぱりトイレだったか）

してやったりの感に思わずニヤリ。ついでに私も小休止。折りたたみ椅子を取りだし、ペットボトルのお茶を飲みながら地図を眺める。このまま行けば、間もなく「飯舘村《いいだて》」に入る。避難指示の出ている地区だ。

15分ほどの休憩の後、再びエンジンをかける。走り始めて間もなく、私は意外なものを見た。（猿！）そう。脇道から飛び出してきたのは、2匹の猿だ。こんなところに、野生の猿がいるのか。するとまた猿。……気がつくと、あたりにはポツポツと民家の姿が見え始めていた。さらに進めば、間違いのない集落、いや、村だ。飯舘村……。なのに人の気配が全くしない。どこの家も硬くシャッターが下ろされ、またはカーテンが引かれている。その民家の間から、またも数匹の猿が飛び出してきた。別の場所では、野犬らしき姿も見た。避難指示の出ている地域であり、居住制限区域であるこの飯舘村。住人は猿と犬？岩手、宮城と見続けてきた惨状とはまた別の悲惨な光景がここにある。街並みはしっかりとしているのに、住民はだれ一人いない。そのことが、この村を襲ったのは紛れもない〝人災〟であることを物語っている。ここで日常を平和に楽しく暮らしていた人々は、今いったい、どこで生活をしているのだろう……。この無人の村にも、満開の桜が春の訪れを告げていた。

道を下って市街地に出ると、ようやくにぎわいが戻ってきた。ここで食材を買いこみ、給油をすませる。そこから国道３４９号線を走ると、まさに桜が満開。道も空もピンクに染まってしまいそうなほどに見事な桜、桜、桜……。日本中の桜を全てここへ持ってきてしまったのではないかと思われるほど、圧巻な光景だった。

思えば、桜前線との追いかけっこをした旅でもあった。前線に追いつき、追い越し。そして追いかけられることを楽しんだ旅だった。そんな旅も、あと1日で終わりを迎える。ほどなく国道6号線に再突入した。避難指示区域を大きく迂回して、ここへ戻ってきたことになる。こんな回り道をせずに走れるようになるのは、いったいいつのことだろう。

この6号線を南下し、目指しているのは、日立市十王町《じゅうおう》にある「鵜《う》の岬《みさき》」という場所だ。過去に何度も訪れているお気に入りの場所。ここにある国民宿舎に併設された温泉がなかなかいい。また建物の隣は、静かな砂浜である。この砂浜を歩くのが好きなのだ。この長い旅のラストは、こゆきに海を見せたいと思っていた。生まれてはじめて、波と戯れさせてあげたいと心に決めていた。

高萩を過ぎれば、目的地はすぐ近くだ。見なれた風景が次々に現れる。左手には海が見えている。やがてハンドルを左に切ると、最終宿泊地、「鵜の岬・鵜来来《うらら》の湯」駐車場に到着した。この広大な駐車場は、いくつものブロックに分かれており、奥の方に停めれば誰の迷惑にもならない。最初に訪れたのはもう10年以上になるが、その時は宿泊許可をもらった。その時に、「混雑さえしていなければ、いつでも自由にご利用ください」というお墨付きをもらっている場所なので、宿泊するのに何の気兼ねも要らない。

「着いたよ、こゆき。ここが最後のお泊まりだ」

きょとんとした目をこちらに向ける。時刻はまだ3時半。こんな時刻に到着するなんて、珍しいことだ。さっそくリードにつないで砂浜へ出た。ついに海岸デビューだ。最初は海鳴りに驚いた様子だったが、それでも砂の感触を味わうと、そんなことは気にならなくなったようだ。幸い砂浜に人はいない。リードから離してやると、海岸の砂を蹴立ててクルクルと走り回った。どうやらお気に召したようである。時にはジャンプをしながら、また時にはつんのめりそうになりながら、楽しそうに走り回る。ところが、なかなか波には近づこうとしない。私が素足になって波の中に入っていき、「来い！」と誘いをかけたが逡巡している様子である。近づきかけては下がり、を繰り返す。

「なんだ、波がこわいのか？　大丈夫だから、こっちへ来いって」

首輪をつかんで、波に近づけてみた。すると、おそるおそる引き波を追いかける。

「おっ、やるじゃないか」

と思ったのもつかの間、寄せてくる波からは必死に逃げようとする。引けば追いかけ、寄せれば逃げる。少々情けない気もするが、こゆきなりには楽しんでいるようだ。一度、寄せ波から逃げられないようにブロックしてみた。すると逃げ場に窮したこゆきが、私にしがみついてきた。ふいを突かれた私は、その場に尻餅をつく。そこへ波がザブンと寄せてきた。私もこゆきもずぶ濡れである。こうなったらもう、どうでもいい。私とこゆきは砂まみれになるのも構わず、砂浜を転げ回って遊んだ。長い旅の最後になって、いい年のおっさんとこゆきは初めて一つになって遊びまくったのである。

やがて遊びの時間が終わり、こゆたま号に戻る。楽しく遊んだ代償は、かなり大きかった。まずこゆきの全身から海水をぬぐい取り、真水で毛の奥まで入念に拭き上げる。一方の私は、上から下までの着がえが必要だった。この〝作業〟にたっぷり30分はかかった。この後、私は温泉タイムである。この温泉は小高い崖の突端に建っている。津波はここにも押し寄せたのだろうが、高さがこの施設を護ってくれたようである。

露天風呂からは太平洋が一望できる。この温泉にとっぷりと浸かりながら、私は長かっ

海をみつめるこゆき――明日はわが家に戻る。その前日に私とこゆきは「鵜の岬」の浜辺にいた。お疲れさま。今日は好きなだけ、走り回っていいよ。えっ、波がこわい？　へたれの卒業はまだ先か。

た1ヶ月を頭の中で振り返っていた。

日本の美しい風景を堪能するだけの旅かと思っていたら、まるで違った旅になった。多くの人たちとの出会いと語らい。その中で自分の生き方や考え方を再確認することが何度もあった。ただついてくるだけかと思ったこゆきの変化、反応、成長にも目を見張った。そして私にとって、こゆきが如何に愛すべき存在か、それにも気がついた。いい旅だった。楽しい旅だった。

風呂から出て冷たい牛乳を飲んでいると、鏡に映った自分が見える。

（ん、ちょっとキリッとしたかな？）

そんなはずはない。ヒゲは風呂の度に剃ってはいたが、髪はずいぶん伸びた。あとは何の変化もない。なのに、鏡に見つめる自分が何か違う。そうか。鏡で自分を見るなんて、長い間避けてきたのだ。無意識に、枯れていく自分の体を凝視しないようにしていたのかもしれない。けれど今はこうして見つめている。

（61歳で日本一周してきた体だ。うーむ、オレってけっこうやるではないか）

少し自分に自信？　ちょと違う。ほれぼれ？　全然違う。少しだけ自分が好きになれた……。そうだな、そんなところだ。

何かにつけて後ろ向きになりがちだった自分だったが、今はそうではない。まだまだやれそうな気がする。いや、この年になったからこその楽しみ方ができる。よしっ、クルマに戻ったら、残っているビールを全部飲もう！　なぜかそんな気分だった。しかし体重計に乗ってみると、減っていたはずの体重が、いつの間にか元に戻っている。やっぱりビールは、半分にしておこう。

風呂を出てこゆたま号に戻ると、フッとリアのバンパーが目に入った。九州で割ってしまったバンパーだ。

「オレ、本当に日本を一周してきたんだな」

こゆたま号の傷口を見て、ここまでの旅が間違いなく一本の線でつながれていることを実感した。タイヤの溝にはさまった小石に目が行く。この小石は、いったいどこではさまったのだろう。北海道？　九州？　それとも四国？　どこからここまで一緒に旅を続けてきたんだろう。そんなどうでもいいことに、思いを巡らせてしまう。

こゆたま号の中に入ってビールの栓を開けた。最後の夜に乾杯！　地図で走ってきたルートを辿っているうちに、1本、2本とビールの缶がテーブルの上に並んでいく。携帯が鳴った。妻からのメールだ。

《最後の夜ですね。ゆっくりと旅の余韻を味わってきてください。それでは明日の帰りの待っています》

妻からのメールは、出発の日から1日も欠かさず送られてきた。そのほとんどが他愛のない内容だ。けれど、このメールが突然途絶えたら、私はどのような気持ちで旅を続けていただろう。それを思うと、私の旅は一人旅でもなければ、こゆきとの二人旅でもなかったのかもしれない。いつの日も一人ではなかった。妻の支えが、家族の支えがなかったら、この旅に出ることさえ叶わなかったはずだ。

家に帰ったら、ありがとうと言おう。いや、言えるかな？　うむ、たぶん言えないな。

気がつくと、こゆきは私の横で眠ってしまった。〝グウ〟と、いびきをかいている。酔い覚ましも兼ねて、浜辺に行ってみることにした。

夜の浜辺は文学的というより、哲学の臭いがする。空を見上げれば満天の星。何年も、何万年も前の星を今、私は見ている。もう存在していないかも知れない星の明かりを見つめている。1ヶ月などという時間はないに等しい。けれど、長かった。

月明かりに白い波がくっきりと浮かび上がる。月と波と星……。私は今、自然のまっただ中にいる。歳を重ねるにつれ、人間は自然に近づいていく。気圧が下がれば頭が重い。ひざが痛むから雨が降る。天気が急速に回復するときはめまいが起こる……。それらの反応はみんな、自然が体の中に入りこんでくることで起こる現象だ。自然と自分が近づいていき、やがて一つになる時がこの世を去るときだ。なんという自然の摂理。その摂理に乗っ取って生きている自分は、何と幸せ者なのだろう。自然に近づくまで生きてきたのだ。そしてまだまだ近づいていく。

脳科学者の茂木健一郎氏は言っている。「意欲のある老人が最強」だと。人間の脳は、記憶と意欲が結びついたときに最高のパフォーマンスを発揮するのだという。つまり、側頭葉は記憶の貯蔵庫であるので、長く生きてきた人間には多くのデータが詰まっている。それに対し、前頭葉は意欲をつかさどる部分であり、側頭葉にある多くのデータを駆使して意欲的に活動したら、最高の知恵が働くのだというのだ。60歳はそのスタート地点だとは言えまいか。だとすれば、〝60年も生きてきたから、もうできることはない〟などと寝言を言っている場合ではない。試しに1ヶ月間をアクティヴに過ごしてみたら、こんなに楽しかったではないか。先にはもっと楽しいことがある。もっと楽しいことを楽しめる時間とチャンスを与えられる年齢にやっと手が届いたのだ。何をくよくよ川端柳。よしっ、もう1本ビールを開けよう。

　冷蔵庫を開けたら、娘からも同様のメールが入ってきた。返信をしながらベッドに潜り込む。灯りを常夜灯に切り替えて目をつぶったが、なぜか寝つけない。足もとで寝ているこゆきが頭の中を駆け巡るのだ。震えながら出発し、運転中はずっと私の腕にしがみついていたこゆきも、いつしか独り寝ができるようになった。私がフェリーからクルマに戻ったときの嬉しそうな尻尾。雪原や草原を全力疾走していた楽しそうな姿。納沙布岬で見せた、強烈な意思表示。あれからだったな、本当の二人旅が始まったのは。毎日ブラッシングをして、体を拭いて、足を拭いて。まるで自分の子どもみたいに世話をした1ヶ月だった。あのへたれのこゆきが、本当に1ヶ月も私と旅をしたんだなぁ。

「こゆき、ありがとうな」

私の言葉にこゆきは、いつものいびきで応えていた。


翌日は、近くの農産物販売所で朝取り野菜をたっぷり買い込み、あとはひたすら6号線を南下する。この日が31日目。絵に描いたようにきっちりと丸々1ヶ月だ。走ってみてわかったが、1ヶ月で日本一周はかなりタイトなスケジュールだと思う。耐久レースではないのだから、もっと長期間をかけるか、もっと地域を絞ってじっくり回る方が、楽しみは何倍も大きくなるだろう。

走り始めは順調だったのだが、水戸で大渋滞。ここまで来ると、「早く家に戻りたい」という思いが強くなってくる。そこで掟破りの大盤振る舞い。「岩間」から常磐自動車道に乗ってしまった。

高速道路に乗ると、必要以上にPAやSAに寄りたくなる人種がいるらしい。ここのPAでソフトクリーム。次のSAでトイレとコーヒー、という具合だ。かく言う私もそれに近いのだが、今回は寄り道をする気にならなかった。

千葉県に入り、柏インターで高速を降りた。ここから家まではおよそ8キロメートル。と、それまでのべっと寝そべっていたこゆきがむっくり起き上がり、鼻をヒクヒクさせている。名前を呼んでも、前方を見つめたままだ。前に犬の臭覚について書いたが、まさかこんな遠くまで家の臭いがするわけない。けれど、明らかにこれまでとは様子が違う。何となくオカルトめいてきて、背筋がゾクッとした。気がつくと、メールが入っていた。妻からだ。信号待ちの間に、メールを読む。

《今日は晴れです。何が食べたい？　ビールは冷えていますよ。庭の藤がきれいに咲いて、お帰りなさいって言ってます》

なーに言ってるんだか。こんな珍しいことしたら、家に着く前に雨が降り出すだろう。そうつぶやきながらも、添付されてきた庭の藤の写真に見入ってしまう私がいた。

国道16号線に入って家が近くなるにつれ、こゆきがますますソワソワと落ち着かなくなった。見覚えのある景色に反応しているにしては、鼻ばかりがやけにヒクヒク動く。やはり「臭い」なのだろうか。

16号線を右折し、家まで2キロメートル。ここまで何の感傷もなかったのだが、キュンと鳴き始めたこゆきを見て、僅かにこみ上げてくるものがあった。うーん、旅の終わりになって、みっともない自分に戻ってしまったか。

「本当に、日本を一周してきたんだ。おい、こゆき。やったな、オレたち！」

うん。オレたち二人は、まんざら捨てたものじゃない。

最後の曲がり角で、こゆきは大興奮だ。家が見えた。庭で妻が両手を大きく振っている。いったい、いつからここで待っていたというのだ。

「お帰りなさ～い！　すごいね、行ってきたね、すごいよ！」

運転席から降り、こゆきを抱き下ろす。何年ぶりかで妻が私と腕を組み、もう一度「お帰りなさい」と言った。

「帰ってきたよ。ありがとうな。……さあこゆき、次はどこへ行こうか」

距離計の数字が、７１８２キロメートルを示している。玄関へ向かう途中で、視線を庭へ向けた。するとそこには、甘い香りを振りまく藤の花が〝お疲れさま〟と、薄紫の笑顔を振りまいていた。

あとがき　旅を終えて

家に戻った翌日、私とこゆきはゆったりと、1日を過ごした。

荷物の片付けは、前日にすべて済ましたので、仕事以外には特にすることがない。かといって、仕事に向かう気力もない。

ましてこの日は休日だ。日本中が私たちと同じように、ふわっと弛緩している。

こゆきと遊んだり、惰眠を貪ったりと、何もしない1日を楽しんだ。

ただし、散歩には行かなくてはならない。近所の道をぷらぷら散歩していると、前日までの慌ただしい旅の日々など、なかったかのように感じられる。

感覚は、あっという間に日常へ戻ってしまった。

急激に変わってしまった生活リズムだが、犬の適応力はすごい。すでに旅の記憶など、消し飛んでしまったかのように、1ヶ月前の生活パターンに戻っている。

ケージの上の指定席でいねむりをし、わたしの顔を見るとボールを咥えてきて、遊びをせがむ。久しぶりに再会した「たまご」を追い回し、窓の外を悠然と散歩する大型犬に向かって、聞こえない程度のビビリ吠えを試みる。

何も変わっちゃいない。なので、私もいつまでダラダラしてはいられない。そこで、パソコンに向かって、旅の記録を書き始める。

この旅で、私とこゆきの何が変わったか。それは、本文の中でも何度か書いてきた。それは事実なのか、と問われれば、「旅の途中に於いては紛れもない事実」と答えるだろう。しかし、一つの旅をきっかけに、犬や人間の考え方や意欲、行動パターンなどが劇的に変わり、それが死ぬまで持続する。そんなことがあり得るのだろうか。

たしかに、あることがきっかけになって人生観が激変し、生涯それを貫き通した話などは時折耳にする。時にはそうしたことも、確かにあるのだろう。

けれど、私やこゆきにとってはどうか。この日本一周が、その後の人生、犬生（？）に決定的な変化をもたらすとはどうも思えない。

次第に記憶は薄れ、熱も冷め、芽生えかけた自己有能感も少しずつ、しぼんでいくことだろう。けれど、それでいいのだと私は思う。旅とはそうしたものだ。旅の後に残るものは、美化された記憶。断片的に思い起こされるいくつかのシーン。そんなところだ。

それでは、今回の旅でこゆきが獲得した、独立心や友好的な姿勢などはどうなるのか。私の頭の中を幾度もかすめた「自分がほんの少し好きになる」という自尊感情はどうなってしまうのか。これも次第に薄れ、いずれは消滅してしまうものなのか。

ここから先は、ある種の期待感も交えて書いていく。

こゆきや私が旅の中で得たもの。それは繰り返す中で浸透していく性質のものではないだろうか。

ほぼ水に近い薄墨が、旅の残してくれるものである。まっ白な半紙にその薄墨を塗ってみる。それは乾けばほとんど色はつかない。しかし、乾いては塗りを何度か繰り返していくうちに、うっすらと浮き出てくる薄墨のねずみ色。それが、「旅の与えてくれる記憶以外の力」だと、私は思っている。……うーん、ということは、この先もこゆきと何度か旅に出ないといけないということか。辛いな、これは。

などと思ったら、やめてしまった方がいい。旅の基本は、やはり「楽しむ」というところにあるべきだからだ。ストイックな中にも、存分に旅を楽しんでいた過去の自分。そんな自分をリスペクトしてみてもいいではないか。別段それを面映ゆく感じる必要はない。

愛犬を連れて旅することをトレンディーだと考え、ファッションのツールとして犬を乗せている輩もいると聞く。車内が汚れるからと、キャリアケースに入れたまま。ケースから出したとしても、車内でリードにつないだまま。犬だから文句は言うまい。しかし、それでいいのか。

犬のステッカーを車にペタペタ貼って、「私は愛犬家でございます」とアピールしながら走っている車もよく見かける。その車、犬も一緒に楽しんでいますか、と尋ねてみたい。

私は今回の旅で、「愛犬も私も楽しくなる旅」のカケラを見つけたような気がする。そしてそれは、回数を重ねるごとに、自信から確信へと変わっていくことだろう。

「1ヶ月で日本一周」という縛りのある旅ではあったが、それ故に冗長な印象はあまりなく、キュッと締まった感の旅になったように思う。そもそも、期限を決めずに風来坊のような旅を続けられる者など、そういるはずがはない。行く雲のような旅に憧れる人間は多いが、実際にそんな旅をしてみると、結構、間延びしてしまうものだ。限られた時間の中で、如何に旅を楽しむか。その計画に費やす時間もまた、楽しいものである。

今回の旅は、記念碑的な意味で実りあるものにはなった。しかし、工夫次第でもっと楽しい旅にする余地があったことも事実だ。だから、ここがスタートラインになるのだ。これからが、「真に楽しい旅」の始まりである。「還暦も過ぎてそろそろ隠居か」などと、寝ぼけたことを言っている場合ではない。

おっちゃん族よ。そしてリタイア組よ。さあ、やっと始まるぞ、私たちの時間が!

「あんたが、あんたのバラの花をとてもたいせつに思っているのはね、そのバラのために、ひまつぶししたからだよ」(サン＝テグジュベリ)

バラの花とはつまり、自分自身の人生である。

二〇一四年九月　　山口　理

山口 理（やまぐち・さとし）

東京都生まれ。教職のかたわら執筆活動を続け、のちに著作に専念。主な作品に、『ゴジラ誕生物語』（文研出版）、『それぞれの旅』（国土社）、『河を歩いた夏』（あすなろ書房）、『かけぬけて、春』（小学館）など多数。

高校生時代より、アウトドアにどっぷりと浸かり、様々なスタイルの旅を現在まで続けている。キャンピングカーとの出会いは平成14年から。それまでは、普通乗用車、軽ワゴン車などに乗り、人跡未踏の地を求めて放浪の旅を続けていた。教員と作家の二足の草鞋を履いていた時代には、旅の時間と資金を確保するのに四苦八苦の日々を送っていた。飼った犬は「こゆき」が3匹目。天国に旅立った犬たちは、自宅の庭で静かに眠っている。

愛犬との旅

キャンピングカーに愛犬「こゆき」を乗せて日本一周冒険記

著者　山口 理

2014年　9月26日　第一版第一刷発行

発行者　玉越直人

発行所　WAVE出版

〒102-0074　東京都千代田区九段南4-7-15

TEL 03-3261-3713

FAX 03-3261-3823

振替 00100-7-366376

info@wave-publishers.co.jp

http://www.wave-publishers.co.jp

印刷・製本　モリモト印刷株式会社

ISBN978-4-87290-706-3

NDC915 255P 19cm